KB110260

낙동강 푸른 물길

본 도서는 2024년 부산광역시, 부산문화재단 〈부산문화예술지원사업〉으로 지원을 받았습니다. 부산광역시 BUSAN METROPOLITAN CITY / B.CFC 부산문화재단 BUSAN CULTURAL FOUNDATION

낙동강 푸른 물길

발행일	2024년 3월 19일

지은이   서태수
펴낸이   손형국
펴낸곳   (주)북랩
편집인   선일영   편집   김은수, 배진용, 김다빈, 김부경
디자인   이현수, 김민하, 임진형, 안유경, 한수희   제작   박기성, 구성우, 이창영, 배상진
마케팅   김회란, 박진관
출판등록 2004. 12. 1(제2012-000051호)
주소   서울특별시 금천구 가산디지털 1로 168, 우림라이온스밸리 B동 B113~115호, C동 B101호
홈페이지 www.book.co.kr
전화번호 (02)2026-5777   팩스   (02)3159-9637

ISBN   979-11-7224-027-1 03810 (종이책)   979-11-7224-028-8 05810 (전자책)

(주)북랩 성공출판의 파트너
북랩 홈페이지와 패밀리 사이트에서 다양한 출판 솔루션을 만나 보세요!
홈페이지 book.co.kr   • **블로그** blog.naver.com/essaybook   • **출판문의** book@book.co.kr

작가 연락처 문의 ▸ ask.book.co.kr
작가 연락처는 개인정보이므로 북랩에서 알려드릴 수 없습니다.

낙동강
푸른
물길

서태수 지음

북랩

강만 강이 아니라
흐르는 모든 것은 강이다

드디어 나도 선집을 엮는다. 젊은 시절 등단을 외면하고, 시집도 평생 한 권만 낼 거라고 고집부리던 내가 가소롭게 되었다. 물방울 모여 강이 되듯, 삶은 점點이 아니라 선線, 나아가 유선流線인 줄을 몰랐다.

연작시조 기획은 1975년 첫 작품을 쓰고 80년대 후반부터 본격적으로 천착해 왔다. 국외자의 생각과 달리 〈낙동강〉 제재에서 추출할 수 있는 서정은 무궁무진하다. 수많은 지천, 지류, 주변의 역사 문화적 요소는 모두 작품의 소재가 될 수 있기 때문이다. 그러나 나의 시정은 낙동강 하류를 맴돌고 있을 뿐 구포 저 너머 중상류의 시정에는 접근 못하고 있다.

시적 대상 활용은 〈소재주의 - 외연 확장 - 내포 강화 - 원형적 상징〉에 이르기까지 서정 천착이 가능하다. 제재 천착은 시인의 의지와 역량에 따라 외연이 확장되고 내포가 강화될 수 있다. 나는 낙동강 문학의 개념을 '범향토문학적 성격'으로 수용하면서 아래와 같이 정의하였다.

〈낙동강 문학의 개념〉

(탑재: 2014년 11월 29일. daum 카페 '낙동강문학 연구회')

1. 낙동강(지천, 지류 포함)의 지정학적 요소를 제재나 배경으로 한 작품
2. 낙동강의 역사적 요소를 제재로 한 작품
3. 낙동강 주변 민중의 삶을 수용한 작품
4. 낙동강 주변 동식물 등 생명체의 생태를 수용한 작품
5. 낙동강의 문화를 폭넓게 수용, 변용한 작품
6. 낙동강의 흐름을 확산하여 다른 강, 혹은 사물에 변주한 작품
7. 강의 흐름과 동행하는 만상의 원리를 작가가 개성적으로 변주한 작품

* 작가의 개성에 따라 형상화 기법은 다양하겠지만 어떤 경우든 강 혹은 물의 이미지가 작품 속에 유목적으로 스며 있어야 한다.

위에서 〈1, 2〉는 소재주의의 작품, 〈3, 4, 5, 6〉은 제재의 외연 확장과 내포를 강화한 작품, 〈7〉은 제재의 원형적 이미지를 변주한 작품을 생성하게 된다. 나의 시조 유형은 내가 연구한 고시조의 다채로운 형식을 기반으로 한다.

이 선집에 나의 낙동강 연작시 400편을 묶었다. 순서는 시조집의 발간 역순으로 하였다. 제1집은 세상을 향한 조심스러운 시형을, 제2집은 다채로운 변격적 시형까지 담았다. 제3, 4집에서 동물 제재에 특이한 변주를 구사하여 장연시조로 엮은 것은 나의 명랑한 물길 위에 강바닥까지 뒤집혔던 인생 소용돌이의 부산물이다. 해학과 풍자의 폭포

수 애증愛憎 사설은 당시 격정의 자연발생적 소산이었으나 엄격한 정형 구사로 폭발하는 내 시정 품격의 일탈을 통제하고자 했다. 제5, 6집은 내 서정과 유형을 세상에 구애받지 않았다. 미구에 발간 예정인 제7집 표제는 『강의 언어 독해법』, 마지막 표제는 『낙동강의 부유물』로 정해 두었다.

시詩도 환경 인식의 산물이다. 강가에 처음 서 보는 사람의 눈에는 시퍼런 물만 보이지만, 10년쯤 살면 물길이 보이고 20년쯤 지나면 강이 보인다. 30년쯤 살면 강과 더불어 흐르는 만상萬象을 보게 되고 40년쯤 살면 강이 되어 흐르는 만상이 보인다. 마지막에는 하구河口를 지나는 강이 다시 물이 되는 것을 깨닫는다.

나에게 낙동강이란 흘러가는 모든 존재들이다. 강만 강이 아니라 흐르는 모든 것은 강이다. 흐르는 것들의 묵언黙言의 몸짓! 풍랑으로 보든, 시로 읽든 강물은 흐르면서 온몸으로 시를 쓴다.

나는 낙동강 시조시인으로 남고 싶다.

2024년 봄, 청락헌聽洛軒에서
서태수

제1부

강의 언어 독해법
(제7집)

서태수
-낙동강.500

서태수(徐泰洙) 이름 석 자 불만이 꽤 많았다
시대에 맞지 않아 벼슬명도 아니고
천천히 큰 물가라니 한자 뜻도 어색했다

태수란 뜻 그 의미를 늦게야 깨달았다
낙동강 하류에서 평생을 살고 있으니
큰 물가 그 언저리가 내 삶의 터전이라

수십 년 굽이진 물길 상하류를 톺아보니
쉼없이 엮어내린 낙동강 연작시조
서태수 이름에 맞춰 내 생애도 흐르나 보다

윤슬

― 낙동강.568

굽잇길 강물 위에 쉼 없이 바람 불어
삶의 굴곡으로 일렁이던 유리 조각

그 상처
곱게 아물어
반짝이는 흉터 자국

강의 언어 독해법

— 낙동강.563

강의 언어는 동사로만 말을 한다

음운을 버린 묵음默音

초중종성 조합 없고

문자를 뛰어넘은 상징, 풍랑으로 새긴다

수식어를 두지 않는 명령형 종결어미

주어는 바로 당신

온 세상이 목적어라

불후의 신성문자神聖文字를 채칼 총총 썰었다

선사先史의 아우성과 발자국도 새긴 강물

한 필의 무한 사서無限史書

굴곡을 읽으려면

깊은 밤 눈과 귀 닫고 점자點字로 더듬으라

직진하는 물살이 곡선의 길을 만든다

— 낙동강.576

물은 흐르면서 직진의 꿈을 꾼다
정正과 직直 한데 묶은 미완의 수평 바라기
살여울 쇠촉이 되어 맨몸으로 부딪는다

타협을 거부하는 직진의 푸른 뼈대
휘어진 세상 향해 나노(Nano)로 저민 충돌
산화한 물의 시체들
소용도는 물거품

디지털 휘몰이의 유연한 아날로그
물이 죽어야 강이 맑아지는데
세상은 곡선만 보고 물 흐르듯 하란다

문콕 물길

― 낙동강.575

문을 연다는 건 그림자 섞이는 일
한강 물과 낙동강 물은 부대낄 일 전혀 없지

가까워
찍고 찍히는
문콕 물길 인간사

탯줄 끊기

― 낙동강.542

인연은 여기까지
모질게 끊어야 한다
억겁 돌고 돌아 수맥 따라 솟은 샘물
도래샘 맴도는 순간 그대 물길 아니려니

물방울 떠난 둠벙
배꼽 자리 허전해도
한 톨 방울꽃이 강줄기로 자라느니
샘에서 멀어질수록 더욱 도도한 새 물길

참나무 뿌리 끝에
도토리 흔적 없듯
원천의 동심원은 잊혀야 할 젖꽃판
탯줄을 댕강, 끊어야 강이 되어 흐르려니

밀물 썰물

— 낙동강.544

누가 밀어내고
누가 당기는지
밀어서 들물 되고 당겨서 날물 되는
평행의 강둑길에선 알 수 없는 역발상

밀물 들고 썰물 나는 하구에 섰노라면
백사장 모래톱에 일고 잦는 사념들
물마루 밀고 당기는 먼 입김은 무엇일까

수평선만 알고 있는 물너울 달빛 상징
새기고 또 지우는 모래성 발자취는
강둑이 사라질 즈음 눈에 뵈는 숨은 뜻

어머니 아내

— 낙동강.545

어머니가 낳았어도 엄마는 내게 없다
마흔 줄 지병 속의 아슬한 출산 후에
강둑길 마파람에도 넘어질 듯 걷던 노인

늦가을 넝쿨 속의 꽃맺이 애호박은
어머니 떠나신 후 얼굴도 까마득한데
아내의 여린 뒤태에 어머니가 비친다

성성한 머릿결에 구부정한 허리 하며
이것저것 챙겨 쌓는 근심 어린 잔소리들
나 이제 늙은 나이에 여태 젊은 엄마를 본다

강마을 여름밤 서사

— 낙동강.546

해거름 보개산이 깃을 접는 다저녁은
강둑길 멍석자리 모깃불 연기 피고
박꽃은 울타리 너머 삼이웃을 다 불렀지

금정산 조각달도 강 너머로 기웃대면
일렁이는 별싸라기 꽁지에 총총 달아
갈대밭 반딧불이는 아이들을 모으고

두런두런 왁자지껄 어른, 아이 모꼬지에
칠백 리 전설 실은 심심한 앞강물도
슬며시 오지랖을 펴 밤 깊도록 어울렸지

기수역에서

— 낙동강.548

지니지 못할 것을
애써 부여잡고
두 주먹 움켜쥔 채 굽어 내린 나의 강물
낙동강 하구에 서면 손바닥이 허허롭다

온몸 휘어지도록 진종일 애태우며
춘하추동 비바람에 일고 잦던 천삼백 리
누려 온 부귀영광도 내려놓는 강물이다

민물 짠물 맞부딪는 기수역汽水域에 서서 보면
긴 세월 부대낀 강
바다로 섞여들듯
나 또한 저 난바다에 물빛으로 스밀 것을

내 가죽이 찢어졌다

— 낙동강.549

아차! 한눈팔다
낫에 발등 찍혔다
찢어진 피부 사이 붉은 피 흐를 즈음
깨닫네, 내 몸뚱이도 한 통짜리 가죽 부대

낙동강 맑은 물에 살과 뼈 버무려서
손발가락 이목구비 솔기솔기 숨뜨기로
바느질 솜씨도 좋아 실밥 하나 보이잖네

팽팽 부풀린 가죽, 곤두세운 솜털 촉각
만만치 않은 세상 거친 풍랑 헤치느라
진창에 미끄러지고 칼파도에 베이고

이제는 바람 빠져 뒹굴 일도 바이없어
노 젓던 미련 끊고 두둥실 배로 뜬 강
뜬구름 그림자 되어 허위허위 흐르라네

흐르는 강이 되자

— 낙동강.550

우리가 물이라면 흐르는 강이 되자

혼자 웅크려서

가라앉는 늪보다는

강마을 휘돌아 감돌아 물길 함께 엮어가자

흘러, 한 생애를

파도로 어깨 걸고

뿌리마다 눈길 적신 푸르른 강이 되어

점점이 끊어진 세상 한 물길로 이어가자

모래톱 날갯짓

— 낙동강.551

저 파도, 암만 봐도 참말로 부질없다
천릿길 달렸으면 바다로 들 일이지
육지에 무슨 미련 남아 강어귀를 맴도는가

강은, 흐르는 강은 뒤돌아보지 않느니
그대 두 눈길로 촉촉 적신 옛 들판엔
산골짝 맑은 새 물길 밀려오고 있느니

뭍을 향한 아쉬움에 파도로 펼친 날개
허연 물거품에 모래톱만 쌓이려니
강둑에 알뜰히 새긴 전설로만 머무시게

뱃길 지우기

— 낙동강.552

강물은 뱃길을 위해 제 등짝을 내놓지만
배 달린 뒷자국을 말끔히 지우는 건
길이란 다음 사람도 가야 하기 때문이래

배 떠난 꽁무니에 깊게 패인 발자국
짙푸른 물길 위의 아름다운 물이랑도
뒤따라 오는 이에겐 걸림돌이 된다는군

삶이란 뱃길 따라 꽃씨를 뿌리는 일
배 닿은 강마을에 꽃향기 자욱하리니
발자국 다 지운다고 섭섭히는 생각 말래

물꽃부리[1]

— 낙동강.560

바람도 잦아들어 뜬구름 잠긴 수면
꼼짝 않는 갈댓잎에 그리움 돌돌 말아

조약돌
퐁당! 던지면

피어나는
한 송이 꽃

---

1 물꽃부리: 필자의 신조어

물꽃판 [2]

— 낙동강.561

퐁당!
돌을 던져
순간의 꽃 피고 지면

잎잎이 스민 꽃향
촉촉 젖은 그리운 맘

파문을 겹겹 새기며
번져나는 동심원

---

2 물꽃판: 필자의 신조어

미워하면 지는 거다

― 낙동강.562

부러우면 지는 거라고?
아니지, 희망이지
빈부귀천 세상사에 부러운 일 한둘이랴
부러워 애타는 맘에 새싹 하나 움트느니

진정 지는 것은 미워하는 마음이야
희로애락 인간사에 미운 일 없으랴만
미워서 속 끓는 맘엔 가시만 자라느니

도도히 흘러가는 강줄기 바라보면
부러워 어화둥둥 함께 엮인 물길이라
미움의 가시 물길은 늪이 되어 허덕일 뿐

사람 사는 일도 흐르는 물과 같아
부귀흥망 강약성쇠 뜬구름 같으려니
엎치락 또 뒤치락 해도 미워하면 제 늪이야

풀등

― 낙동강.565

너도 그렇구나
모난 돌이 정을 맞지
허허로운 강 복판에 외로 선 풀 한 포기
정 맞아 깨어지면서 물길 방향 비틀지

급류에 쓰러지고 파도에 뭉개지고
미움받고 눈총받고 손가락질 당하면서
세상의 바람에 맞서 예감하는 초록 깃발

시류에 휩쓸리는 여울목 모래알들
뿌리 박은 강바닥에 차곡차곡 쌓아 올려
물안개 치마폭 펼친 그런 섬을 꿈꾸지

묵은지

— 낙동강.566

오래 사귄 사람들은 묵은지 맛이 난다
골짝물 올올 엮은 하류의 강물처럼
함께한 굴곡 파도에 그 세월의 정이 깊다

단풍잎 그리움의 빛도 향도 바랜 몸피
청청한 옛 모습은 풍상이 배었지만
군내가 스며 있어도 낯이 익어 정겹다

시공을 묵힌 숙성 눈빛 속에 은근하고
주름진 이랑이랑 윤슬로 반짝이고
오가는 섬유질 입담 아삭한 맛도 난다

긴 강에 펼쳐 놓은 진양조 잿빛 물길
끈끈한 인연줄의 여운 깊은 사람들은
긴 세월 함께 흘러온 옹기 속의 묵은지다

물수저[3]의 독백

— 낙동강.569

내리막 굽잇길에 원동쯤 지날 무렵
기찻길 바라보면 부러운 것 하나 있지
금수저 물고 태어난 저 행로는 참 좋겠다

물맛이 낯설다고 침 뱉는 이도 없고
빛깔이 다르다고 돌 던지는 이도 없고
출신이 개천이라는 손가락질 한번 없고

뒹굴 일 자빠질 일, 떨어질 일 바이 없고
맞바람에 멱살 잡혀 제 살 저밀 일도 없고
폭우에 강둑과 싸워 옆구리 터질 일도 없고

행여나 탈선할까 평행으로 놓인 철로
쇠붙이로 태어나서 탄탄대로 달려온 길
한 생애 상처 하나 없는 저 기차가 참 부럽다

---

3 물수저: 필자의 신조어

불면

― 낙동강.504

초가를 허물고는
기와집을 지어보고

뭉게구름 먹구름을
뒤죽박죽 섞으면서

꼬리가 생각을 물고
구백 리를 흐르는 강

문풍낙엽

― 낙동강.570

바람에 휩쓸리는 신발들 어지럽다
청홍靑紅으로 쫙, 갈라진 계절의 빈 껍질들
우루루 추풍낙엽秋風落葉 되어 파도로 휩쓸린다

가지에서 쏟아지는 리모컨 무선통신
오가는 주파수에 뭉쳤다 흩어지고
낄끼리 떼바람 몰아 정처 없이 뒹구는 강

외피를 겹겹 두른 밑동 굵은 가로수는
땅 깊이 뿌리 박고 새 잎눈을 품었는데
구멍 난 신발 조각들 문풍낙엽聞風落葉 물길이다

세상의 사연들

― 낙동강.571

쫓고 또 쫓기는 초원의 동물 세계
젖 마른 어미 표범 가젤 사냥 성공인데
어쩌나, 저 가젤 또한 새끼 딸린 어미였네

벼랑에 떨어지고 바람에 미어져도
강물은 늘 그렇게 흘러가는 거라고
물길 속 숨은 사연은 생각하지 않았지

우리 사는 세상도 속사정 알 수 없어
혈육 사이 이웃 사이, 어쩌면 혼자 앓는
애틋한 사연 하나쯤 짊어지고 가는 것을

황지

— 낙동강.558

흘러

일천삼백 리

을숙도를 감도는 물

강마을 촉촉 적신 젖내를 톺아가면

태백의 가슴에 맺힌

낙동강의

젖꼭지

상주

— 낙동강.559

태백산 젖꼭지에 몽글몽글 솟은 물길
졸졸졸 낭창낭창 육백 리쯤 흘러가면
낙동강 거룩한 이름 옛 본향本鄕을 만나느니

그대, 아시는가. 어머니 탯줄 자리
황지의 젖줄 인연 깊숙이 새겨두고
칠백 리 새길을 여는
낙동강의 배꼽 상주尙州

구지봉 환상곡

― 낙동강.557

거북아 거북아, 니 머리를 내놓거라
세상을 구한다는 자줏빛 그 얼굴을
오늘은 꼭 봐야겠다 얼른 목을 내놔라

이 땅 곳곳 나토샸던 하늘뜻 거북님들
가야, 백제, 신라, 고려
거북 머리 다 잘리고
충무공 거북선마저 바다 깊이 갈앉았다

동강 난 한반도에 자칭 타칭 거북 후예後裔
조각탈 뒤집어쓰고 화평세상 외치건만
파도로 새긴 갑골문甲骨文 그 뜻조차 모르네

역사의 푸른 강은 눈을 뜬 채 흐르나니
그 강물 뒤집히면
춤추던 어진 백성
니 목을 댕강 잘라서 꾸바 묶어 뽑끼다

선암강 뱃놀이[4]

— 낙동강.554

삼차강三叉江 옛 물길은 고금이 한 빛이다
돛단배 두둥실 띄워 구지봉을 우러르니
불모산 신어산 정기 불암강佛岩江에 그윽하다

불암나루 닻을 풀어 대사나루 가는 길에
초선대 잠시 들어 벗들 소식 듣자 하니
신선은 바둑 한판 두려 칠점산에 갔다 하네

아차, 정신 차려 사공을 재촉하니
장어집 젊은 주인 고개 갸웃 혀를 차며
강물 위 선암다리 건너 택시 타고 가란다

4　삼차강, 불암강, 선암강: 황산강(낙동강) 하류의 샛강 이름들

장유[5]

— 낙동강.555

오래 정진하면
불멸로 사는가 보다

아유타국 허보옥이
천명으로 일군 옥토

장유長遊가 장유長有로 남아
달로 날로 새 빛이네

불국토 염원 실어
뱃길로 든 만리타향

장유사 서린 불심
'놀 유遊'자 깊은 뜻을

폭포는 '있을 유有'로 새겨
만 리 뱃길 돌아가네

---

5 필자 출생지인 불모산佛母山 대청 폭포가 있는 장유면長有面은 '장유長遊'에서 유래함

칠점산 가는 길

— 낙동강.556

어화둥둥 배 띄워라, 추구월 바람 좋다
노적봉 닻을 풀어 서낙동강 거슬러가
옛 물길 흐른 길목에 옛 추억도 더듬자

남실남실 태야강에 낭창낭창 노를 저어
범방대 외로 돌아 조만강을 하직하니
오봉산 산자락 아래 불암강이 반기누나

초선대야 잘 있더냐, 벗님네들 무탈한가
바둑판 삼매경에 먼발치로 안부 묻고
삼차수 물길을 돌자 평강강이 맴도네

상앗대 길게 밀어 칠점천에 닻을 내려
뭍으로 막힌 물길 묻고 물어 만난 마을
허름한 삿갓을 쓰고 표지석이 웅크렸다

어깨너머 둘러봐도 찾을 길 없는 칠점산

낙동강 신선들도 시절 따라 노니는지

뭉개진 바위 저 너머 비행기만 오간다[6]

6　칠점산 관련 가락국 신선 전설에서 차용

오봉산 국군 묘지에서

— 낙동강.541

충혼 영령 고이 모신 오봉산 푸른 능선
표지석 쓰다듬는 추모객 어깨 위에
오늘도 청솔바람 속 산새들 우지짖네

20년 남짓한 삶
흙에 묻힌 70 성상星霜

젊은 목숨 바친 사연
남은 혈육 아픈 사연

유월에 한 철 피는 꽃
저 조화는 삭혀 줄까

측백나무 울 너머엔 임자 모른 공동묘지
유명 용사 무명 용사 그 사연들 모두 안고
낙동강 푸른 물길만 천년 세월 기약하네

금강초롱 강물 섞기

— 낙동강.577

근 백 년 따로 흘러 제 뼈대로 단단한 강
한강 물 대동강 물 함께 섞어 궁글리면
그 물길 자줏빛 되어 옛 사연이 애틋할까

　백두산에서 지리산까지 척추로 굳건한 백두대간 중간 즈음의 금강산. 전설 속 오누이의 우애는 금강초롱 꽃잎으로 선연한데. 지도를 펼쳐 놓고는 아무리 살펴봐도 가로로 동강 날 이유가 없이 허리 잘린 반도의 땅. 반만년 이어 내린 고려, 조선의 한반도. 한북정맥, 한남정맥이 가른 것도 아닌. 한강이 가른 것은 더더구나 아닌. 세계 최장 안데스산맥이 가른 것도 아닌. 세계 최고봉 히말라야산맥이 막은 것도 아닌. 세계 최악의 모질이 땅. 오도 가도 못하고. 듣도 보도 못하고. 알아도 말 못 하는 남의 강. 한강 물, 대동강 물 함께 섞여 뒹굴면. 그 물빛 물맛 어떨까.

　언제까지 이럴까. 너무나 궁금한데. 답을 알 길 없어 헤매던 중. 혜성처럼 등장한 최첨단 만능 해결사. 챗지피티(Chat GPT), 바드(Bard), 빙(Bing) 삼자를 회동시켜 AI로 답해 보라니. ─ ─ ─ 3초 후,

백두대간 막내 자락 지리산 상상봉에

낙남정맥 호남정맥 동서東西로 마주 올라

낙동강 영산강 물이나 먼저 섞어 보거라!

천성진 옛터에서

― 낙동강.553

푸르른 그 달빛이 한산섬만 비췄으랴
칼날 위 반짝이는 수군들 눈빛 향해
장군의 호령을 새긴 초요기招搖旗가 펄럭인다

장졸將卒들은 들으라! 오늘 전함 74척, 협선 92척의 연합함대를 이끌고 부산포로 진격한다. 전라우수사 이억기, 경상우수사 원균, 조방장 정걸, 거북선 돌격대장 이언량, 우부장 녹도만호 정운, 중위장 순천부사 권준, 좌부장 낙안군수 신호를 명하노니, 생즉사사즉생生卽死死卽生이라. 불퇴전의 정신으로 장사진長蛇陣 진격하라!

함성으로 일렁이는 천성포구 맑은 파도
임진년 시월 초닷새 부산포 그 대첩을
역사는 '부산시민의 날'로 만경창파에 새기다

강은 눈을 쌓아두지 않는다

— 낙동강.547

눈!

저 순백의 환상

그 아래 묻힌 실체

꽃잎

그리고 흉터

그 또한 역사라며

낱낱의 증거를 새겨

물비늘로 일렁인다

이슬방울

― 낙동강.503

먼 길 흐르지 않고
동그랗게 매달려도

해 뜨고
달 이울고
꽃 피고
열매 맺어

세상을 둥글게 담아
되비치는 볼록거울

천상의 꽃

— 낙동강.578

점점이 떨어지는 방울방울 꽃봉오리
수면에 피어나는 투명한 꽃잎 꽃잎
순간에 일고 잦는 꽃
천상의 꿈 물꽃부리

동심원 물꽃판이 서로 어깨를 겯고
둘이 하나 되고 또 넷이 하나 되어
너와 나, 그리고 우리
파동지는 물향기[7]

---

7 물향기: 필자의 신조어

물꽃부리 한 송이

— 낙동강.580

잔잔한 강물 위에 조약돌 툭, 던진다
퐁당, 작은 무게
응집하는 표면장력
순간에 피고 지는 꽃 물꽃부리 한 송이

영롱한 물방울에 청람빛 물향 실어
물꽃판 파문으로 번져나는 동심원
세상은 돌 하나로도 일렁일 수 있으련

물결 인연

— 낙동강.579

낙동강 물굽이는 어드메로 드는 걸까
골 첩첩疊疊 흘러내린 물 층층層層 깊은 연을
첨버덩, 잉어 한 마리 꽃부리로 피어나네

물꽃부리 잦아들어 번져나는 물꽃판
동심원 손길 따라 파문 이는 물길 위에
바람도 마음을 얹어 꽃잎 윤슬 보태고

저 선율旋律 새겨두면 팽팽하게 이어질까
일고 잦는 굽잇길에 끊고 맺는 물결 인연
언제 적 그림이냐며 강은 그새 눈을 감네

낙엽(3)

— 낙동강.567

보아라
저 반짝이는
늦가을 금빛 윤슬

계절이 벗어던진
영혼의 얇은 껍질

텅 비워
꽉 채운 허공
일렁이는 푸른 강

강의 끝

— 낙동강.584

흘러온 강의 끝이

이리 넓고 깊구나

저 산은 울지 마라, 들도 울지 마라

강둑에 내 심어 놓은 풀꽃 너도 울지 마라

살여울 휘몰아쳐 벼랑길 떨어져도

유유한 굽잇길에 어화둥둥 출렁이다

나 이제 수평선 찾아 물이 되어 돌아가네

해도 달도 별도 없고 바람도 없는 심연

산도 들도 강도 없어 인因도 연緣도 없는 그곳

아늑한 해미로 스며 물마루에 잠기리라

울지마라 눈물로

저 물이면 충분하리

시작도 끝도 없어 나 있어도 나 없는 곳

흙 내음 풋풋이 배인 강물 너도 울지마라

제2부

당신의 강
(제6집)

낙동강 연작 제6 시조집

당신의 강

서태수 지음

북랩 book Lab

2020. ㈜북랩

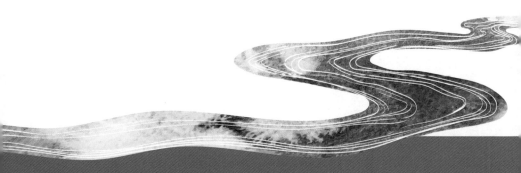

땡처리 시정

― 낙동강.467

내 읊는 낙동강 시도
전립선염 앓나 보다
물줄기도 시원찮고 양도 변변찮아
강인 척 축 늘어져서 밭고랑만 더럽힌다

새 물도 솟지 않고 고인 물도 탁해진 강
땡처리 마음먹고 강둑까지 헐었는데
바닥은 마르지 않고 찌적찌적 물 고이네

박수칠 때 붓 놓으면 품절品切 걸작 남겠지만
마른강도 강이랍시고 찔끔, 찔끔, 솟는 맹물
펜으로 바닥물 찍어 땡처리를 하고 있다

꽃이 얄밉다

— 낙동강.523

꽃은 참 얄밉다
너무 예뻐 얄밉다
뻣뻣한 가지 끝에 생뚱맞게 아름다워
해마다 다시 피다니 그것이 또 얄밉다

해 저무는 황혼 무렵 강가에 서서 보니
유구한 물굽이도 한 번 가면 못 오는 길
그 물 위 동동 떠가는 저 꽃잎은 더 얄밉다

통나무 의자

― 낙동강.486

세상의 외진 길에 의자 하나 놓여 있다
엉덩이 걸터앉자 피돌기가 시작되는지
물무늬 나뭇결 따라 온기가 살아난다

물을 자아올리는 뿌리의 기억 따라
팽팽한 물길 당겨 상류로 올라가니
저만치 옹이로 아문 옛 상처도 박혔다

살아온 한 생애가 이리도 따뜻했을까
만나는 사람마다 흠뻑 적시는 푸른 온기
얼마쯤 자아올리면 이런 의자 하나 될까

을숙도 물길

— 낙동강.514

노인네 발걸음은
저리도 더디다
천릿길 무거운 짐들 모두 다 부렸어도
관절은 마디마디 녹아 걸음걸음 절뚝인다

송백, 천자, 명지, 신호 숱한 섬들 쌓아 놓고
을숙, 진우, 장자, 신자 땅방울을 일구더니
백합등 앵금머리등에 남은 살을 또 보탠다

햇빛에 반짝이는 강물의 뼛조각들
물마루 푸른 너머 허허바다 잠길 즈음
섬들은 뭍으로 자라 온갖 숲이 우거진다

허공에 흐르는 강

— 낙동강.463

애들아 놀러 가자, 할아버지 땅 샀단다

하 엘

강 리

하 베

는 이

수 터

직 안

의 에

강 서

할머니, 땅이 뭐예요?

손주 눈이 동그랗다

강둑 바위

— 낙동강.540

샛강변 강둑길에 바위 하나 생뚱맞다
모눈종이 화공들이 삼삼오오 모여든다
줄자로 직선을 긋고 쇠망치로 깨려한다

길 가던 한 나그네 허공에다 말을 건다
길 한 폭 물려 돌면 운치 또한 더하리니
강물도 세상 감도는 굽잇길이 아니던가

바람 실은 갈대숲은 고개를 끄덕이고
물결 실은 어리연은 어깨를 출렁이고
우듬지 텃새 몇 마리 낄까말까 망설인다

잎, 혹은 잎의 변주

― 낙동강.489

강은 믿어도 물이랑은 못 믿느니

사람은 믿어도 마음은 못 믿느니

세상의 굴곡을 따라 흔들리는 잎이려니

부모

— 낙동강.490

강물로 흐르는 일 혼자선 못하느니
천방지축 물줄기를 다독이는 강둑 있어
도도한 물굽이 하나 바다 향해 가느니

긴 강 감돌면서도 강둑은 못 보느니
하구를 맴돌 즈음 눈에 잡히는 먼 강둑
뒤돌아, 또 돌아봐도 물안개만 번지느니

새벽 무신호

― 낙동강.493

새벽, 기차를 타고 창 너머 바라보면
겹겹 성벽이 되어 웅크린 산짐승들
긴 밤내 숨을 죽인 채 귀를 쫑긋 세웠다

산짐승 뿌연 입김 피어나는 검은 골짝
청동빛 갈기 사이 눈을 뜨는 탐조등이
빛살을 촘촘 엮어서 푸른 강에 던진 투망

그물에 칭칭 감긴 불면의 용 한 마리
물비늘 반짝이는 등대로 일어서서
무신호霧信號 길게 울리며 깊은 들을 깨운다

물팔매[8]

— 낙동강.537

딱따글 가문 날에 마른 밭에 물 뿌리면
메말라 더 단단해진 맨땅의 완고한 거부
흙먼지 또르르 말아 온몸으로 밀치느니

흠뻑 적시려고 물방울로 다가서지만
촉촉이 젖는 것에 익숙지 않은 마음
제 몸에 상처를 내는 팔매질로 여긴다네

메마른 가슴팍에 물 스미기 어렵느니
물방울 뿌리기 전 안개 먼저 피우시게
물에도 힘 들어가면 물팔매가 된다네

---

8   물팔매: 필자의 신조어

남

― 낙동강.331

낙동강 하류에는 별의별 것 다 모이지만
모든 걸 한데 엮은 물길 하나 흐르데요
칠백 리 긴 인생길에 온갖 것이 섞이데요

처음엔 모른답니다
살다 보면 알지요
이 골 저 골 솟아 나온 낯선 물방울들이
긴 강에 함께 뒹굴길 상상이나 했겠어요

만나고 헤어지고
미워하고 좋아하고
멀리든 가까이든 결국은 한 줄기 강
한 생애 흐르다 보니 남도 남이 아니데요

강도 꽃을 피운다

— 낙동강.356

거목 한 그루가
육지로 뻗어 있다

난바다 어드메쯤 깊숙이 뿌리박고
반도의 척추 따라 대륙을 향해 가다
태백의 젖꼭지에 우듬지를 담갔다
백두대간 아름드리 둥치에도
늘상 바람은 불어
일렁이는 파도 새겨 세월 껍질 두르고
가느다란 잔가지들 촉촉한 손길 뻗쳐
이 들판 저 산자락 휘돌아 감돌아
찰랑찰랑 넘치는 물꼬에

사람들
옹기종기 모여
꽃망울로 매달렸다

서낙동강

― 낙동강.452

서낙동강 물굽이는 가슴 폭도 저리 넓어
수수만년 함께 흐른 본류를 에돌아서
강서의 너른 들판을 넉넉하게 다 적신다

대저 수문 돌아들어 종종걸음 오십 리 길
샛강들 다독거려 이랑마다 눈길 주곤
조만강 물길 보듬어 모래섬도 쌓았다

치마폭 주름주름 강마을을 품은 모정母情
난바다 거친 파도 녹산 수문에 막아놓고
떠나는 발길 아쉬워 노적봉을 맴돈다

노인 예찬

— 낙동강.535

인생을 되돌린다면 어느 때로 가고 싶어요?
70회 내 생일날 자식들 묻는 순간
난 싫어. 안 돌아갈 거야. 그 고생을 왜 또 해!

몇 년 후 지금에도 그 생각 변함없다
젊은 날 숱한 고뇌 두 번 다시 겪기 싫다
이 좋은 태평성대에 원도 한도 미련도 없다

천방지축 구절양장 온몸으로 부딪친 길
끊어질까 뒤집힐까 아슬아슬 넘겨와서
이제야 푸른 강물에 윤슬 찰랑 빛나는데

年年歲歲花相似에 歲歲年年人不同이나⁹
연 년 세 세 화 상 사   세 세 연 년 인 부 동
해마다 또 피는 꽃 무슨 영광 있을까
단 한 번 누리는 인생 곳곳마다 꽃 아니랴

---

9 유희이의 대비백두옹代悲白頭翁 시구에서 차용

나목裸木에 관한 명상

― 낙동강.462

강의 뼈대가 되어 들판에 꼿꼿 섰다
가지 뻗고 뿌리 내린 아버지의 견고한 혼魂
꽁꽁 언 강의 몸피로 나무껍질 거칠다

긴 물길 끌고 오며 엮고 맺은 꽃과 열매
한 잎 한 잎 풀어헤쳐 홀홀 떨쳐내고
온몸의 물기도 말라 맥박 소리 앙상하다

마지막 몰아쉬는 이승의 된숨 소리
굵은 나무줄기 점점 기울어지다
저 나목 자리 눕는 날 새 강 두엇 열리겠다

채석강彩石江에서

— 낙동강.330

풍랑에 절은 사연
온몸으로 새겼어도

켜켜이 쌓은 책이
돌로 굳은
시간의
벽

난해한
상형 앞에 서서
겉표지만 훑는다

서낙동강 물길

― 낙동강.481

초선대를 지척에 두고 어찌 그냥 가리
함께한 천삼백 리 대동에 발끝 닿자
아쉬운 발길을 돌려 김해 땅을 파고든다

선암仙嵓 바윗등에 칠점산 신선 불러
장군차 따르면서 시 한 수 읊은 여정
가락을 휘돌아들자 오봉산이 외롭구나

옛 가야 물길 실은 조만강아 잘 있더냐
둔치도를 얼싸안고 장낙포를 돌아들면
노적봉 푸른 파도 너머 가덕도를 만나겠네

5%만 미치자

― 낙동강.531

미풍에 출렁이는 물결만큼만 미치자
남실남실 물이랑에
어리연 노란 꽃잎
그 꽃잎 눈길 맞추는 갈대만큼만 미치자

멈춘 듯 숨을 죽인 밋밋한 물길 보면
비단길 펼쳐 놓은 유유한 물굽이도
강물에 비친 그림자 납덩이로 잠겼더라

바람 거칠게 부는 강둑에 올라서면
갈기갈기 찢긴 비단 솔기솔기 곤두서고
켜켜이 날 선 물이랑 춤사위도 칼이더라

납도 말고 칼도 말고
꽃물결로 출렁이자
갈댓잎 입에 물고 5%만 살짝 미쳐
한 송이 풀꽃을 꺾어 머리에다 꽂아보자

고목

— 낙동강.476

상처도 곱게 아물면 예술이 되는구나
바람 물결 일렁이는 당산목 거친 몸피
겹겹이 제 살을 저며 추상화 한 점 새겼다

여울목 마디마다 세월의 옹이가 맺혀
살점이 패인 둠벙, 혹으로 솟은 둔덕
굽은 등 처진 어깨에 뭉개진 손등 발등

잎잎이 뒤척이며 속울음 삼킨 밤을
푸른 피 버무려서 목각으로 굳은 상징
촘촘한 곁가지들은 휜 등골 뜻을 알까

저 흉터 뒤집어보면 속살은 또 성할까
오래 살다 보니 나무도 강을 닮는지
파도를 칭칭 휘감아 허연 물길로 굽었다

구포역 소묘

— 낙동강.497

모녀가 차창 너머로
손을 마주 흔든다
만면에 웃음을 띤 행복한 이별이다
기차가 움찔, 흔들리자 엄마 표정 굳어진다

서서히 미동하는 기차의 육중한 몸짓
엄마는 눈물 훔치며 빈손 흔들고 섰고
얼굴빛 해맑은 딸은 핸드폰에 취한다

기차는 당연한 듯 철길을 내달리고
강물은 당연한 듯 바다로 흘러들고
나 또한 당연한 듯이 시 한 수 긁적이고

행로

― 낙동강.480

혼자
가려거든
물방울로
굴러가라

함께 가려거든
물줄기로 엮어 가라

끝까지 가고 싶으면 강물로 섞여 가라

문명인의 연애 양상 연구

— 낙동강.468

1. 연구목적 및 방법
팽팽한 물길 삭아 수증기로 올라가듯
아랫도리 양기가 입으로 돋는 계절
색머리 돌돌 굴리려 연애 양상 탐구하다

영장류 연애 기법 샛강만큼 다기多技하여
부귀빈천, 싱글커플, 행위주체 분류한 후
층위별 심층분석으로 핵심 특성 추출하다

2. 양상에 따른 특성
와자지껄 중년남녀 음담패설 육담연애
속닥속닥 호호하하 수다쟁이 쫑알연애
호젓한 카페에 앉은 청순남녀 눈빛연애

혼자 미친 짝사랑에 양다리 삼각연애
나 홀로 종합연주 손맛뿐 허방연애
초월한 구름 세상의 마음 비운 참선연애

꽃각시 숨겨놓고 맘 졸이는 시앗연애
황홀한 조명발의 옷만 벗긴 육탄연애
은근히 훔쳐보면서 침만 삼키는 꼴깍연애

조물주가 작심한 끼리끼리 동성연애
성인용품 기술연애 요상망측 뒷문연애
별의별 전개양상에 스와핑(Swapping)도 선보이다

급변하는 시대상은 SNS 소통이라
인터넷 검색檢索연애 원거리 카톡연애
익명의 은밀한 강에 미끼 던진 낚시연애

3. 결론
허구한 연애 중에 고금동서 유일전통
복잡다단 절차 속에 온 세상 축복받는
전천후 종합연애 세트(Set) 부부간 독점연애

까닭 모를 까탈 부려 속창도 뒤집지만
요리조리 자유자재 호흡도 딱딱 맞아
마누라 쌍돛배 타고 푸른 강물 흐르다

가을, 밤비 1

― 낙동강.469

가을비 내리는 밤 마음은 촉촉시정詩情
낙엽 진 내 머릿속 앙상한 가지들도
뿌리에 촉수를 뻗어 물을 자아올리네

마른 강 시정들을 올올낱낱 풀어헤쳐
잎과 꽃 그릴 욕심 연필심 돋우는데
빈 가지 툭! 부러지며 강바닥을 메어치네

가을, 밤비 2

― 낙동강.470

가을비 쫑알쫑알
도란도란 내리는 밤
앙상한 나무들이 속맘까지 다 주는지
마른 강 이 내 마음도 잎잎이 다 젖는다

내 맘은 젖은 낙엽
구멍 뚫린 송송낙엽
시정詩情 넘치는 강에 배 한 척 띄워 두고
이 세상 어느 여자든 쫑알연애 하고픈 밤

가을, 밤비 3

― 낙동강.471

쫑알쫑알 오던 비가 우라당탕 왁자하다
고독 영혼 있나 싶어 외등을 밝혀 보니
늦가을 밤비 서정에 강줄기만 팽팽하다

이리 전전輾轉 저리 반측反側
검색檢索연애 한창인데
자던 아내 촉이 살아
'안 자네. 지금 몇 시?'
쾌재라! 독점연애 찬스
더듬으니
그새 자네

밀물처럼

― 낙동강.521

강물도 여울지는
지금은 들숨의 시간
흙탕물 빨아들이는 물마루는 아득한데
난바다 멍든 허파는 어디쯤에 부풀까

날숨, 한 번 더 참고 부유물 들이키면
찰박찰박 드러나는 개어귀의 여린 속살
갯벌로 펼쳐 보이는 가슴 폭은 풍성하다

바람 잦은 물길 행로
칼 파도에 베인 상처
숨 한 번 들이키고는 잠시 멈춰보자
들숨이 깊어질수록 그윽해지는 푸른 눈빛

비꽃

— 낙동강.483

강물에 비 내리면 만 평 꽃밭 출렁인다
쏟아지는 투명 살점
화답하는 강의 몸짓
물방울 활짝, 솟구쳐 피어나는 꽃잎 꽃잎

살점의 무게만큼 패이는 수면 위에
넘실대는 꽃가루
출렁이는 꽃향기
흥건한 꽃잎 농익어 하늘 아래 물길이다

물이랑 기억

— 낙동강.485

우리 사는 강은
그림자만 흐르느니
산이 솟았어도 뿌리 없이 잠겨 있고
소나무 우뚝 섰어도 일렁이는 어둠이리

우리네 숱한 기억은
한낱 물이랑일 뿐
그대가 바람이라면 강에는 바람 불고
그대가 또 구름이라면 구름 이는 강물이리

그림자 흐르는 강엔
생각만 잠겼으리
깊이를 알 수 없이 반짝이는 그을음은
물빛에 어른거리는 그대 만든 기억이리

우듬지는 꽃을 피우지 않는다

— 낙동강.510

가볍게 흔들려도
뜻은 천근이다
영광도 고통도 한 몸에 받으면서
시퍼런 의지 하나로 외롭게 솟은 깃발

곁가지 떨쳐내고 높이 세운 외줄기에
열매 맺을 꽃눈 대신 하늘 눈 듬성 달고
어둔 밤 별빛바라기로 먼동 빛을 찾는 나무

긴 강 도래샘에도
외로운 뜻 솟고 있다
풀 한 포기 범접 않는 영롱한 물방울로
물길을 밀고 또 밀어 강마을을 꽃피운다

뜻으로 일어서서 빛으로 길을 여는
불면의 푸른 깃발
부서지는 물머리
세상을 꿈꾸는 이는 꽃을 피우지 않는다

여의주

― 낙동강.411

승천의 푸른 꿈을 방울방울 아로새겨
금빛 비늘 반짝이는 칠백 리 물굽이가
짙푸른 용틀임으로 일어서는 강의 하구

수평선 먼 하늘 향해 비상의 나래 펼쳐
치켜든 용의 머리 입에 문 진주 한 알
갯바람 파랗게 이는 푸른 낙원 을숙도

굽이와 고비

— 낙동강.478

강물도 흐르면서 몸살을 깊이 앓는다
숱한 굽잇길을 유유히 감돌지만
뒹구는 물방울들은 고비마다 숨이 차다

바윗등 넘어서면 벼랑길로 떨어지고
가풀막 지나면서 자빠지고 또 소쿠라지고
물기둥 높이 세웠다 거품으로 가라앉고

한 굽이 넘어서면 또 한고비 마주치고
정말로 끝장일 때도 새로운 길을 만나는 삶
바다를 만나기 전에는 강의 끝이 아니다

시화詩畫

— 낙동강.533

너 또한 영락없이
소리 없는 아우성
강둑길에 낭자한 '날 좀 보소' 저 몸짓은
푸르른 강물을 향한 영원한 노스텔지어[10]

시정은 물결같이 코앞에 나부껴도
외로 걷든 떼로 걷든 무심한 상춘객들
눈길은 봄꽃 바라기 투명유리 스쳐 간다

맑고 곧은 푯대 끝에 펄럭이는 애수 한 장
꽃바람 물길 속에 이념은 조각나고
시심을 아로새긴 백로 날개마저 부러졌다

출렁이는 물길에도 물 한 방울 목마른 강
시대의 이 강둑에
아, 누구던가
애달픈 마음을 적셔 허공 중에 매단 그는

---

10 유치환의 〈깃발〉을 패러프레이즈(Paraphrase)함.

고독 누리기

— 낙동강.536

물길 속 낭창낭창 함께 섞여 흐르다가
세상에서 뚝, 떨어져
물방울로 웅크리면
날바다 검은 이랑 위 외로운 섬 되겠지

천지사방 휘저어도 망망대해 적막강산
잿빛 어둠 속에 돌돌돌 몸을 말 때
외로워 유유자적한 고독 한 번 누려보자

물방울 톡, 깨뜨려 석벽에 창을 열면
파도에 바람 실어 갯바위엔 꽃이 피고
물새는 목청 다듬어 머리맡을 맴돌겠지

몽돌끼리 도란도란
달빛에 호젓한 밤
옛 얘기 실꾸리를 올올 잣는 고치려니
명주실 다 풀릴 즈음 날개 한 쌍 달겠지

인생

— 낙동강.513

뱃길은
만경창파萬頃蒼波에

물길은
구절양장九折羊腸

서낙동강¹¹ 숨소리

— 낙동강.539

누구는 말하기를
허파까지 뒤집혔다고
또 누구는 전하기를 막숨 소리 거칠다고
물맛도 끝장났다고 흉흉하던 서낙동강

텃새들 다 떠나고 참조개도 흔적 없어
찢기고 뭉개지고 휘어진 등짝으로
긴 밤 내 밭은 숨 쉬며 가슴앓이 뒤척였지

강은, 깊고 긴 강은 앓으면서 흐르나니
이 세상 아픈 사연 함께 품을 물길이라
잎잎의 은빛 이랑은 흉터 자국 아니던가

윤슬로 반짝이는 불멸의 푸른 몸짓
긴 강변 갈댓잎들 춤사위 선율 맞춰
물굽이 낭창낭창한 진양조로 숨쉬네

---

11 서낙동강: 필자의 닉네임

강의 너테

— 낙동강.479

강은 밤이 되자 깊은 시름에 잠겼다
세상은 그냥 자라고 싸늘한 눈빛인데
바람은 깨어나라고 마른 갈대를 흔든다

강변 갈대들은 앙상한 촛불을 살려
우우우, 입을 모아 함성을 지르지만
견고한 빙벽 앞에서 부서지는 잔파도

찌푸린 하늘에는 성깃한 별빛 몇 알
추수가 끝난 들판은 겨울잠이 포근한데
긴긴밤 온몸 뒤채며 얼다 녹다 지새운 강

갈대숲 강바람에 밤새 울던 겨울 산은
들판을 내려다보며 털을 세워 웅크렸고
강물은 몸살을 앓아 울퉁불퉁 일그러졌다

고향 아지랑이

— 낙동강.507

물길 따라 흐르다
되돌아온 고향은
짧은 세월에도 뭉개지고 허물어져
아득한 상류 그쯤에 기억만 뭉쳐 있다

아무리 발돋움해도 거스를 수 없는 물길
있어도 없는 실체
없어도 남은 과거
고향은 물속에 잠긴 가슴 속 아지랑이

외양포 사람들

— 낙동강.519

평생 밟은 내 땅 위에
내 집 한 칸 갖고 싶소

아직도 비극의 땅
가덕도 외양포는 100년 몸살 앓고 있다
토착민 울음 실은 대포 소리 잦아들어
푸른 바다 물결 따라 꽃구름 떴다지만
돌밭을 후벼내던 손가락 마디 닳고
묏기슭 오르내린 무릎관절 부서진 땅
국수봉이 보증 섰던 우리 삶터 아니던가
역사는 돌고 돌아 관광객 몰려와도
그 역사 그 관광은 다시 또 가시 되어
꽃구름 옛 파도는 갯바위에 부서질 뿐
쫓겨난 핏빛 울음 못 달래준 세월 속에
사람 사는 세상에도 주름 깊은 외양포
오가는 파도 위에 윤슬 조각 부서진다

누가 또

저 어진 눈빛을

글썽이게 하는가

꿈꾸는 물방울

― 낙동강.464

그대 보았는가
꿈꾸는 물방울을
날개 없는 치어들의 반짝이는 비상飛翔으로
알알이 명멸明滅하는 꿈, 길을 찾는 물머리

빛과 빛 몸을 섞어 교직交織하는 꿈의 조각
외마디 추락으로 소용돌던 물길 엮어
직진의 유연한 질주
꿈의 입자粒子 보았는가

온몸 부서지는 숙명의 퍼즐 찾아
천만 길목 돌고 돌아 다시 펼칠 꿈의 종언終焉
그 모천母川 등지고 가는 연어의 길, 생명의 꿈

벼랑 끝에서

― 낙동강.492

물줄기가 뚝, 끊어졌다

돌아서서 눈을 감았다

손톱 발톱 곤추세워

사
　　　다
리
　　　를
만
　　　들
었
　　　다

긴 강은 벼랑 아래서 날 기다리고 있었다

강의 땀

― 낙동강.448

바다가 짠 까닭은
강이 흘린 땀 때문이다

땀은 노동의 꽃망울
강물은 유람하듯 흐르는 것이 아니다
앞산 솔잎보다 더 많은 실핏줄로
깊은 골 휘어 돌고 너른 들 굽어 돌아
땅 위 시든 풀잎, 땅 속 생채기에
제 살점 토막 내어 방울방울 스며든다
먼 길 갈수록 염도가 높아지는 강물
하류의 강둑에 기대어 허위허위 걸어가는
등 굽은 노인의 물마루가 시퍼렇게 짠 것은
긴 생애 쉼 없이 적셔온 푸른 노동

강물의 구릿빛 땀방울
녹아들기 때문이다

낙엽

— 낙동강.505

획,

날아온

엽서 한 장

한해 일지 목록이다

세세한

기록들을

낱낱이 읽어 보라고

강물은 바람을 불러 책갈피를 뒤적인다

강물에 지은 죄

― 낙동강.488

물빛이 다르다고 돌멩이 던진 죄

물맛이 낯설다고 침 뱉어 더럽힌 죄

근본이 개천이라고 손가락질로 모욕한 죄

원수에 대한 소고 小考

― 낙동강.329

물과 불 부딪히면 둘 중 하나 죽는다
태우고 꺼뜨리는 앙숙의 관계지만
물과 불 조음체계調音體系는 한 울타리 DNA

굳이 다르다면 양순음兩脣音의 성대聲帶 진동
유성음 무성음의 그 차이를 생각하며
깜깜한 강둑에 서서 불로 타는 세상을 본다

혁명

― 낙동강.516

저기 저, 시위 보게
저게 바로 혁명이야
낡고 병든 물길 속에 온몸 함께 부서지며
뒤틀린 강의 가죽을 홍수로 벗기는 거야

강둑에 비켜서서 깃발만 흔들다가
상처 난 물방울들 난바다로 밀쳐낸 후
그 가죽 뒤집어쓴 건 혁명 아닌 반역이야

혁명의 물머리는 앞만 보고 가는 거야
꽃으로 필 물방울들 푸른 강에 남겨두고
제 한 몸 수평水平이 되는 그게 바로 혁명이야

무등산 낙동강

― 낙동강.518

빛고을 망월동에 난해難解한 한글 비문

찢어진 지도 사이의 돌비석이 아프다

TV

― 낙동강.499

이 세상 흙탕물길 올올이 다 끌고 와서
동아줄로 묶어 놓고 꼭두놀음 신명나는

허공에
일렁이는 물결

총천연색
헛바다

도보다리 무성영화

— 낙동강.527

물줄기는 없어도 강은 흐르고 있다
표정으로 이어지는 남북정상 벤치 대화
세기의 무성영화를 독해 중인 관람객들

혈육 간 담소인 듯 시대의 담론인 듯
행여나 어색할까 멧새 가끔 지저귀고
조팝꽃 하얀 미소가 신록으로 번진다

분단선 표지판은 민망해서 녹이 슬고
새파란 난간 따라 가슴으로 틔운 물꼬
한반도 '하나의 봄'은 총천연색 상영 중

색소 난청

— 낙동강.502

참, 이상도 하다
저 소릴 못 듣다니

물굽이 몸부림이사
생떼라 치더라도

온몸을 던지며 우는
폭포 소리도 못 듣다니

흐르는 강줄기가
어디 단색이던가

청홍에 흑백도 섞여
강이 되는 것 아니던가

색깔이 나와 다르다고
소리마저 못 듣다니

강물 홀로 아리랑

— 낙동강.522

제주도 앞바다에 물질하는 저 해녀야
이 세상 온갖 소식 한데 섞인 조류 속에
어머니 젖내음 배인 탯줄 하나 찾았느냐

갯바위 깊숙한 골 웅크린 여울목에
4·3도 6·25도 낱낱이 스며 있어
해삼도 소라 전복도 휘어감은 물줄기

한라산 제주에서 난류에 엮어 가다
태백산 낙동강물 너도 가자 칭칭 동여
백두산 두만강물을 독도에서 맞게 하라

남북을 오르내리는 동해 바다 맑은 물에
헝클어진 머리 감고 맞손 잡고 일어서서
반도의 용오름 되어 아침 해를 솟게 하라

악마의 손톱[12]

— 낙동강.457

아우슈비츠 철조망은 악마의 손톱이다
겹겹층층 철삿줄에 짐승의 피가 흘러
애자碍子는 고압전류를 감고 허연 이빨로 웃고 있다

강철혈관 마디마디 꽃판으로 핀 손톱에
베를린도 베트남도 예멘도 잘린 허리
내 유년 낙동강 하류 관절關節도 할퀴었다

피도 흘러, 전류도 흘러 망각의 물길인저!
상처들 아물면서 흉터관광 성업인데
휴전선 손톱에는 여태
선지피 뚝, 뚝, 흐른다

---

12 아우슈비츠수용소 벽에는 독가스 살해 당시 손톱자국 흔적이 고통으로 선명하다.

다뉴브강의 6·25

— 낙동강.459

푸른 다뉴브강이 최악의 범람이란다
붉은 물길 바라보며 기억나는 춘수의 시
한강은 저리 조용한데 왜 다뉴브는 범람인가

한강도 다뉴브강도 폭염 내리쬐는 2014년 7월 한여름
푸른 초목이 온 누리를 덮어 시원한 오후 무렵
뒤척이는 다뉴브강
맑고 잔잔한 요한 스트라우스 선율을 찾지 못해
고개 숙여 공수拱手한 〈영웅광장〉
쥐새끼보다도 초라한 죽음의 13세 소녀를 기억하며
장엄한 광장에 서서 반추하는 두 편의 같으면서 다른 춘수의 시
「부다페스트에서의 소녀의 죽음」
자유 정신 원작 시와 반공 이념의 개작시
1957년 [사상계]에 발표한 66행 원작시의 기억으로
70년대 중반 국어 시간에 가르쳤던 49행의 개작시!
청년 교사였던 나는 유신 독재에 대한 두 번째 혼돈을 겪고 있었다

첫 번째 혼돈은 1972년 가을이었다
시골 중학교 초임 국어 교사였던 나는 10월 유신 홍보대사로 차출

되었다

밤마다 마을을 돌며 집회소에서 연설을 했다

희미한 백열등 아래 앉은 동민 20여 명의 구석 자리에 두 명의 사복 경찰이 팔짱을 낀 채 서 있었다

'박정희 독재'가 입에 익었던 젊은 교사의 언어 통제를 위해 교무주임이 내 옆에 앉았다

나는 나의 안전과 자존심을 동시에 살리기 위해 국제정세를 논했다

우방국 대만의 UN 축출!

검은 칠판에 세계지도를 그렸다. 한국도 대만도 너무나 작은 땅덩어리

국제적 강국 대만의 쇠락을 통해 한국은 정신 차려야 한다는 우회적 유신 지지 연설

연일 받은 박수갈채, 놀라운 사실은

강연이 거듭되면서 어느새 내가 자기 세뇌를 겪고 있다는 것이었다

유신 선포 무렵 학교를 옮기고 기억은 희미해져 갔다

군대를 거쳐 다시 자리 잡은 고등학교 선생

꽃의 시인 춘수를 국어 교과서에서 만났을 때

「부다페스트에서의 소녀의 죽음」에는

생뚱맞게도 다뉴브강의 6·25뿐이었다

억압에 저항하던 자유정신은 삭제되었다

20년 전 발표한 대표작 표제시를 왜 개작하였을까

자신의 자유 투쟁 의지 17행을 어디에 버렸을까

마음 약한 베드로가 닭 울기 전 세 번이나 부인한 지금

불면의 밤을 십자가에 못 박힌 사람이 강요한 스물두 살 자유 청년

춘수는 어디로 갔는가

인간은 쓰러지고 또 일어설 것이라던 확신은 쓰레기통으로 버렸는가

시대는 반공 교육이 유신 교육의 절정으로 치닫고 있었다

반공정신으로 변절된 춘수의 자유정신

그때도

자유를 찾는 싹은 인간의 비굴 속에 생생한 이마아쥬로 움트며 위

협하고

한밤에 불면의 담담한 꽃을 피우고 있었을까

자유를 찾는 소녀의 뜨거운 피를 꽃피울 새벽닭은 울기나 할 것인가

닭은 죽고

살고 싶다던 스물두 살 춘수의 치욕이 회생하였을까

음악에도 세계지도에도 있는 한강의 기적을 움켜쥐고

1980년, 서울의 봄이 오기도 전에

동경 세더기야 감방의 불령선인 청년 춘수는 죽고 없었다

드디어 인과응보

70년대 번졌던 다뉴브 ─ 한강의 반공교육 독버섯은

5.18 이후 춘수의 황금 배지로 활짝 피었다

개작 시인의 목줄에 걸린 유정회 국회의원의 찬란한 무궁화꽃!

꽃의 시인 김춘수가 '몸짓'을 버리고 '이름'을 얻었다

꽃들은 이름 없어도 몸짓으로 아름다운데

다뉴브강에, 한강에, 그리고 6.25 최후의 전선 낙동강에

윤슬로 명멸하는 허망의 금빛 휘장

강물은 흘러 다시 30여 년

한강 물은 유유한데, 다뉴브강은 왜 저리 범람인가

유신을 안고 침묵하던 한강, 분한 저항을 행동하던 다뉴브강의

형상합금의 기억인가.

헝가리 아픈 분노는 이제 끝났지만

6·25가 진행 중인 한반도 깊은 강엔

춘수의 시가 뒤엉겨 황톳물 굽이진다

* 춘수의 「부다페스트에서의 소녀의 죽음」 시구들을 활용함.

SNS

— 낙동강.506

소나기 내리는 날은 강물이 들끓는다

보글보글 부글부글 바글바글 와글와글

세상의 손가락 끝이 물똥으로 왁자하다

대한민국 TV, 여덟 시 혹은 아홉 시

— 낙동강.475

강이 미쳐버려 확! 뒤집히면 좋겠다
내장이 뒤집히고 세상이 뒤집힌 밤
황톳빛 강물 흐르다 말라버리면 좋겠다

메마른 강바닥에 푸른 하늘 은하수
그리움에 애태우던 견우직녀 다시 만나
밭 갈고 실 잣는 세상 새로 열면 좋겠다

대한민국 대선, 2012년

— 낙동강.373

바다 건너 들려오는 성탄절 폭탄테러
선택이 다르다고 증오로 부딪는 강
이 땅의 몇십 년 후도 남의 나라 얘기일까

환희와 아쉬움의 변증법은 간데없고
승자는 고소苦笑하고 패자는 얄미워서
앵돌아 흐르는 물길
불공대천의 원수지간

두물머리 세물머리 맞부딪는 강물에서
소용도는 휘몰이야 상생의 꽃판인데
이 나라 대통령선거는
숫돌강에 칼 갈기

강물 변증법

— 낙동강.374

투표는 섞임이다
두물머리 만남이다
이 골 저 골 좌우 흑백, 숨결 거친 물길 모여
한 세상 함께 흘러갈 물머리를 찾는 거다

선거는 강물이다
둑을 따라 흐르는 거다
흑백으로 튀는 비늘, 청홍으로 솟는 물길
시위로 뒤틀리면서 한 몸으로 가는 거다

물머리는 끌어주고 몸통은 밀어주며
꽃 피고 바람 부는 평행의 강둑 사이
긴 세월 부둥켜안고 굽이지며 흐르는 거다

낙동강의 선물

— 낙동강.359

낙동강 둑 하나가
귓속을 꽉 막았다

한 생애 물길 따라 하류쯤 다다르니
강둑 너머 들려오는 목쉰 소리 들을
이젠 그만 들으란다
해종일 풍덩이며 물에 살던 귀앓이로
귓속에 수십 년을 찰랑찰랑 흐르던 강물
고개 숙이면 사르륵사르륵 귓구멍에 구르는
병아리 솜털 같은 노오란 간지럼
어둠으로 굳어져 점점 멀어지더니
귓속을 꽉 채운 천근 적막

굽이지는 강물이 소리로 흐르더냐고
귓바퀴에 맴도는 적막을
난청難聽으로 들으란다
이슬방울 똑, 떨어뜨린 나뭇잎의 기지개
더러는 눕고 기댄 풀잎들의 부대낌
물병아리 발톱을 감은 어리연꽃 자맥질

강의 맥박으로 몸짓하는

저 묵음默音의 주파수周波數를

청음聽音의

데시벨(Decibel)을 넘은

적막으로 들으란다

디지털 영결식

― 낙동강.498

친구 장례가 끝나자 핸드폰을 열었다. 전화번호 체크하고 삭제를 클릭했다. 한 방울 풀잎 이슬이 강물 위에 떨어졌다.

잠시, 흔들리던 가느다란 풀잎 한 장

때마침 불어오는 바람 끝에 몸을 섞고

강물은 그냥 그대로 출렁이며 흐를 뿐

가을, 잠자리 죽다

— 낙동강.508

강가 버들가지 끝
잠자리 한 마리
날개를 반듯이 펴 쉬는 듯 죽어 있다
실바람 살풋 스치자 미동하는 엷은 영혼

가볍게 하늘 날며 반짝이던 한 생애가
죽어서 더 가볍게
떠나가는 하얀 날개
물결도 겹눈으로 일어 되비치는 가을 하늘

강의 기록

— 낙동강.534

아직도 해독 못한

낙동강 물길문자

구포龜浦에서 구미龜尾까지 거북등에 아로새겨

누대의 삶의 역정이 켜켜이 일렁인다

바람에 돋은 양각

빗물에 패인 음각

석얼음 둥둥 뜨고 너테로 뒤엉겨서

난해한 상형문자로 굽어 내린 천년 물길

강물은 예나 제나 묵언으로 흐르면서

일고 잦는 세상사를 온몸으로 말하지만

사람은 그 뜻을 몰라 거품으로 부침한다

세모의 강

― 낙동강.482

강도 한 해 동안 다사다난했나 보다
휘몰아친 길목마다 살점 뚝, 뚝, 떨어져
석얼음 둥둥 뜬 물에 성엣장도 널렸다

겨울 봄 여름 가을
그리고 다시 겨울
논틀밭틀 감돌아들어 에움길 부대끼며
긴 여정 톺아 오느라 뒷굽마저 다 닳았다

햇살 바른 강둑 위에 펄럭이는 깃발 하며
달빛 어린 열 길 물속 얼비치는 손길까지
기억의 날줄 씨줄을 올올 엮는 세모의 강

맥맥히 일고 잣는 물이랑 갈피마다
금석문金石文 상징으로 아로새긴 인간사
온몸에 켜켜이 쟁여 흐르는 강이 있다

누에고치

— 낙동강.465

저 명주실 죄다 풀면 몇 권 소설 될까
시간도 똬리 틀어
맴을 도는 요양병원
한 생애 긴 사연들이 고치로 돌돌 말렸다

뽕잎이랑 물굽이에 절룩이던 종종걸음
아픈 무릎 웅크린 채 한 잠, 두 잠 허물 벗어
명주실 친친 감고 누워 꿈을 꾸는 번데기

후생엔 고운 날개 어느 하늘 날으실까
김해공항 비행기도 비껴 나는 낙동강
하얗게 이불을 덮은
이승의 황혼 무렵

종언終焉

ㅡ 낙동강.366

긴 강도

바다에 들면

소리 없는 물이 된다

서귀포 생각

— 낙동강.454

정방폭포 물길들은 그곳에 닿았을까
파도가 펼쳐 뵈는 하얀 전설을 찾아
수직의 벼랑 아래로 온몸 던지는 물방울

서쪽으로 가는 길목 서귀포 대로에는
붉은 그리움이 알알 맺힌 가로수들
머나먼 난바다 보며 먼 나무로 서 있고

한라산 서녘으로 햇살은 이우는데
서시徐市의 삼신산은 흔적도 바이없어
낙동강 물방울 하나 길을 몰라 서성인다

신호마을 사람들

— 낙동강.515

서낙동강 끝자락엔
눈빛 깊은 사람들 산다
난바다로 사라지는 도도한 강물 보며
한 생애 쉼 없는 길도 끝매듭을 생각하고

밀물지고 썰물 들어 일고 잦는 앞바다에
채우고 또 비우는 순리의 갯벌 보며
사는 게 저와 같다고 그 물길을 닮아간다

삶

― 낙동강.511

사는 건 한 줄기 강물 한데 섞여 흐르는 일

꽃노을 서정

— 낙동강.461

나이 들었다고 사랑을 잊었겠는가
차가운 이불깃에 옆구리 허허한데
잠 못 든 베갯머리엔 칭칭 감긴 밤이 길다

나이 들었다고 외로움 없겠는가
해종일 벗 삼아도 하염없는 전화벨
눈가에 그리움 맺혀 먼 데 산이 흐려온다

나이 들었다고 꿈마저 버렸겠는가
서산마루 바장이는 엷은 햇살 꽃노을은
한 생애 마지막 그릴 내 뒷모습 아니랴

단풍은 꽃이 되어 가을 산에 수를 놓고
윤슬도 꽃잎 되어 강 하류를 번지는데
나이가 든다고 해서 마음까지 늙겠는가

만수받이

― 낙동강.353

마음이 어지러운 날은
강으로 나가 본다

바람에 부대끼는 속앓이 나무 되어
생각의 파편들이 잎잎이 파문 지면
조각난 마음 붙들고 강가에 나가 본다
아래로 흘러가는 순리의 물길 위에
샛바람 꽃샘바람 된바람 늘상 불어
편편이 저민 상처로 일렁이는 푸른 강
모롱이 굽이마다 맞부딪는 바람에도
햇빛 달빛 별빛 실은 가슴 조각 반짝이며
유유한 꽃물길로 가는 만수받이 강을 본다

마음이 어지러운 날은
강으로 나가 본다

낙화, 그 후

― 낙동강.495

비 그친 골목길에 꽃물결 낭자하다

아내는 비를 들고 쓸려고 하는구나

잊혀야 그리워지는
절정 지난 꿈이란다

바람

— 낙동강.509

우리

사는 세상

바람 잘 날 있으랴만

바람은 어깨바람

바람 실은 바람만 불어

당신의 긴 강물에도

윤슬 가득 반짝이기를…

당신의 강

— 낙동강.530

시작이 어디였는지 알려고 하지 말게
물방울 뚝, 떨어진
석간수 한 점 생애
알몸의 오체투지로 강이 되어 흘렀느니

입술 부르트고 허리 휘어지도록
비바람 눈보라에 산을 깎고 들을 돌아
미완의 구절양장을 헤쳐 온 길 아니랴

등짝에 깊이 패인 굴곡의 흉터들은
은빛일 듯 금빛일 듯, 어쩌면 잿빛일 듯
실안개 뿌연 강둑에 나부끼는 물빛 상징

긴 강둑 되돌아보며 허허바다 섞여들면
물방울 강이 되고
그 강 다시 물이려니
마지막 물길 매듭을 알려고도 하지 말게

제3부

강江이 쓰는 시詩
(제5집)

2014. 세종출판사

노인

― 낙동강.399

초겨울 햇살 아래 마른 낙엽 졸고 있다
한 점 물기 없이 다 증발한 무심한 빛
늪으로 오도카니 앉은
허연 강의 빈 껍질

흘려보낸 깊이만큼 하염없는 흐린 눈은
한 생애 굴곡 굽이 어드메쯤 멈췄을까
담장 위 까치밥보다
더 작게 웅크린 강

강江이 쓰는 시詩

— 낙동강.415

강물은 흐르면서 일 년 내내 시를 쓴다
바람 잘 날 없는 세상
굽이마다 시 아니랴
긴 물길 두루마리에 바람으로 시를 쓴다

낭떠러지 떨어지고 돌부리에 넘어진 길
부서진 뼛조각을 물비늘로 반짝이며
수평의 먼동을 찾아 휘어 내린 강의 생애

온몸 흔들리는 갈대숲 한 아름 묶어
서사는 해서체로, 서정은 행서체로
시절이 하수상하면 일필휘지 초서체다

비 섞고 눈을 섞고 햇볕도 섞은 시편詩篇
파고波高 높은 기쁨 슬픔
온몸으로 새겼어도
세상은 시를 안 읽고 풍랑風浪이라 여긴다

신新 며느리밥풀꽃[13]

― 낙동강.398

터널 지나 다리 건너
먼 물길 거슬러 와

보따리 풀어놓으며
한숨 섞인 한 소리에

시어미 등 뒤로 돌아
며느리가
쏙,
내민 혀

---

13 원래 '며느리밥풀꽃'은 시어머니의 구박으로 굶어 죽은 며느리에서 유래가 된 이름.

장작을 패며

― 낙동강.375

1자一字로 쪼개지는 장엄한 순직殉職을 본다

도끼, 무딘 날 끝에
꼿꼿이 선 저 뼈대

시대時代의
휘어진 강에서
조선 선비 지조를 본다

장작불을 지피며

— 낙동강.378

강과 철길이 겹한 강마을 저녁답은
서산에 사위어가는 불티 한 점 댕겨와서
남정네 장작 지피는 아궁이에서 시작된다

장작불 잘 피우는 건 사내들의 자존심
무덤덤한 문을 열고 불길을 보내지만
여인네 무쇠 달밑[14]은 좀체 달지 않는다

덤벙대면 꺼지는 불, 탑을 쌓듯 몸을 태워
구들장 깊은 곳을 붉은 혀가 빨려들면
그제야 불타는 뼈를 아궁이가 깨문다

젖꽃판 달아올라 소댕꼭지 곤추서고
땀방울 송글송글, 가슴 팽팽 부풀면
뚜껑이 들척거리며 기적소리 들린다

---

14 달밑: 솥의 아래쪽 불룩한 배 부분

강과 철길이 겹한 강마을 남성男性들은

산자락 끌어 덮은 따끈한 온돌에서

밤마다 기적소리에 장작불로 기립한다

가락駕洛¹⁵ 대보름

― 낙동강.300

상쇠는 채 들어라, 쟁글쟁글 쇠를 쳐라
금정산 상봉上峰에서 오봉산에 기별 왔다
옛 가야 둥근 달이다, 달맞이 불 댕겨라

수심 많은 고운님들 저 달을 그리면서
말 못할 설운 사연 올올 적신 무명옷을
손 시린 이 강물에다 또 얼매나 행궜을꼬

울리는 농악 따라 달집이 훨훨 타면
조만강 푸른 물에 붉은 달빛 녹아들어
우리네 숱한 시름도 불티 되어 흩어지리

달무리 넉넉하니 올해도 풍년일세
둥글게 맴을 도는 학춤에 흥이 겨워
강물도 보름달 띄워 제 자리에 출렁인다

---

15 가락駕洛: 서낙동강변의 지명, 가락오광대를 연희演戱.

폭포瀑布

— 낙동강.437

한 번도
떨어지지 않고

어찌 강이 되겠는가

사람의 마음

― 낙동강.428

실체도 없는 것이 온갖 형상 흉내낸다

다잡아 먹을 때야 단단히 벼르지만
태풍에 널문 놀 듯 열고 닫고 열고 닫고
코흘리개 과자 먹듯 주고 뺏고 주고 뺏고
맞았다 틀어지고 굳혔다가 돌변하고
금석같이 정해놓고 잎새 먼저 흔들리고
잡았다가 놓았다가 있다더니 금세 없고
여리다 이내 굳어 앞서다 돌아서고
고왔다 거칠었다 약하다가 강하다가
좋다가 나쁘다가 비웠다가 채웠다가
깃털로 가볍다가 납덩이로 무겁다가
싸늘하게 식었다가 펄펄 끓어 뜨겁다가
꽁꽁 얼어붙다 봄눈 녹듯 풀리다가
좁았다 넓어지고 느긋하다 급해져서
굽이치는 골짝물로 풀리다가 또 맺히는

마음은 흔들비쭉이
물에 비친 다이아몬드

매화 꽃봉오리

— 낙동강.416

한겨울 강언덕에
소풍 나온 요정들이

살얼음 보자기에
햇볕을 곱게 싸서

봄 되면 풀어보라고
빈 가지에
매단
선물

낙동강 모래섬들

― 낙동강.446

유유한 낙동강은 붙임성도 참 좋아서
천 리 길 방방곡곡 온 마을을 다 적시고
이별의 나들목에선 모래섬을 쌓는다

을숙도 일웅도에 사람들을 모으더니
장자도, 신자도, 진우도를 품에 안고
대마등, 맹금머리등, 도요등도 어르고

난바다 푸른 저쪽 물마루를 향해 가다
물머리 다시 돌려 백합등을 또 다듬어
마지막 남은 인정을 알알이 다 쏟는다

낙동강 혈육들이 오손도손 모인 하구
푸접 좋은 모래섬이 또 풀등을 만드는지
허허한 물낯바닥에 갈대 한 촉 올린다

봄의 향연

— 낙동강.443

봄은
빛으로 와서
향기로 피어난다

꽁꽁 언 강물 녹여
조각보 펼쳐 뵈면

물새는
목청을 돋워
음향 하나 더 보태고

진우도

— 낙동강.447

물길 맴도는 땅 천삼백 리 낙강 하구
인적 바이없는 진우도 모래톱엔
물새들 발길 더듬는 잔물결만 분주하다

신자도 갯바람은 가덕도로 몰려들고
눌차도 갈매기는 장자도로 날아들어
누천년 오간 흔적이 한데 엉긴 모래등

켜켜이 쌓인 알알 층층이 톺아보면
6·25 슬픔에서 사라호 아픔까지[16]
우거진 갈숲 솔숲에 숨은 내력 다 찾을까

물길은 푸르러서 고금古今이 한 빛인데
물 건너 산업단지, 거가대로 낯이 설어
구멍 속 엽낭게들이 두 눈알만 내민다

---

16 진우원: 섬 이름의 유래가 된 방수원 목사의 6·25 고아원. 사라호 태풍에 유실

쉿, 조용!

— 낙동강.364

강 상류 실개천엔
겨울뱀이 누웠는데

겹매화 속적삼에
벌 한 마리 애가 탄다

봄볕아,
신방 차리고
남풍 불러 병풍 쳐라

낙화

— 낙동강.425

어쩔거나, 저 동백
꽃으로 그냥 지네
하늘 향한 눈망울 노랗게 이냥 뜬 채
꽃울음 빨갛게 울어 한 목숨 떨어지네

천 길 벼랑 틈에 까만 발톱 딛고 서서
허연 파도 거품 위에 꽃으로 붉게 피어
꽃봄이 내일 모렌데 속절없이 꽃이 지네

그대, 설운 꽃잎아
그대 그린 꿈의 지평地平
모래톱 저 굽이 지나 조각보로 펼칠 것을
종소리 붉게 토하며 봄빛 먼저 동백 지네

너덜겅 세상

― 낙동강.418

단단한 물방울들이 산기슭에 박혀 있다

제 몸 터뜨리지 못해
굳어버린 마음들이

마른 강 물길이 되어 돌덩이로 갇혀 있다

낙동강 제방

― 낙동강.302

공항로 강둑길은 명지부터 꽃빛 사태
은빛 금빛 강물 적신 삼십 리 꽃물결이
강바람 파랗게 실어 조각보를 펼쳤더라

맥도마을 벚꽃길에 키 낮춰 눈길 주면
씀바귀며 민들레며 절로 자란 꽃네들도
젖먹이 옹알이 같은 풀꽃웃음 건네더라

한데 섞여 사는 길에 꽃잎만 꽃이랴고
생태공원 갈대숲엔 개개비비, 뜸뜸북뜸북
뻐꾸기 아련한 소리도 꽃물결에 잠기고

소쩍새 외로운 밤 가로등이 꽃을 달면
대저마을 시비詩碑 너머 층층이 핀 채송화꽃
해종일 버거운 삶도 도란도란 꽃을 피워……

강이사 무심한 듯 그냥 저리 흐르지만
세상사 기쁨 슬픔 꽃빛으로 엮은 물길
그 강둑 걷는 사람도 형형색색 꽃이더라

마음에 물길 하나

— 낙동강.410

물길 흐르는 것이 인연 아니겠어요
그대 눈길 닿아 숨결 머문 그 언덕을
마음도 한 조각 접어 종이배로 띄우세요

유리 조각 같은 삶도 강물에 비춰보면
은빛 금빛 반짝이는 미소 아니겠어요
물길은 마주보라고 강둑까지 앉혔네요

흉터

― 낙동강.376

상처는 아물어도
기억은 생생해서

아차! 헛디디면
천 길 물속 빨려드는

한겨울
꽁꽁 언 강의
눈 부릅뜬 숨구멍

거북, 붉은 강을 헤다

— 낙동강.303

구포龜浦에서 구미龜尾까지 거북 등을 타고 가면
경상북도 경주시 월명리月明里 낭산狼山 아래
뎅그랑, 목이 잘려난 천년 신라千年新羅 거북 한 쌍*

뚝, 뚝
선지피는 목줄띠에 방울지고
잃어버린 머리 찾아 네 발 엉버티어
서라벌 옛 땅바닥에 핏빛 함성 번져난다

천년 사직社稷인들 고난이 없겠으리
도솔가兜率歌 한 곡조로 세상사를 구원하던
월명사月明師 피리 소리가 은은히 번지던 땅

사천왕사四天王寺 초석礎石들은 여기저기 흩어지고
거북 등에 새긴 염원念願
빗돌마저 묘연한 채
동강난 당간지주幢竿支柱만 잡초 속에 허허롭다

웃자란 잡초밭을 역사歷史도 헤매는지
수로왕 가야 거북
수로부인 강릉 거북
긴 강물 백두대간의 흔적 없는 거북들

숱한 거북님들 어디로 가셨을까
넘치는 영웅 세상 스스로 떠났을까
시절이 늘 태평이라 물속 깊이 숨었을까

낙동강 수수만년 굽이친 세월 속에
구미에서 구포까지 한恨 많은 물길 따라
황톳물 역사가 되어 현해탄을 건넜을까

세상은 예나 제나 태평가를 그리는데
머리를 잃어버린 반도半島의 거북 한 쌍
오늘도 피를 토하며
붉은 강을 헤고 있다

얼레

— 낙동강.395

그대, 알잖아요
인연은 당신 손길
아주는 아니고요, 조금만 섭섭하게
풀었다 감아주시면 우린 늘상 마주 보죠

강이사 바람 잦아 팽팽한 연이련만
더러는 안개 짙어 물길 알 수 없잖아요
튕겨도 잠시 풀었다, 이내 감아주세요

마음

— 낙동강.350

강기슭 논어귀의
작은 웅덩이

얼굴 붉힌 날
강 건너 비바람까지 불러
흙탕물 뒤엉기더니
물낯바닥 곱게 펴니 뭉게구름 동동 뜨고
하늘 향해 발돋움한 물여뀌 촉수 사이
소금쟁이 발톱들이 은쟁반을 타고 논다

내 안에
일고 또 잦는
내가 만드는 웅덩이

강둑

— 낙동강.352

낙동강 하류에서
이제사 보았네요

저절로 흐르는 것이 강물 아니라
강둑이 두 팔로 안아
가지런한 물길로 보내는 것을요
헤쳐온 이 길도 내 발길 아니라
한길 닦아놓은 숱한 사람들 발자취인 것을요
바다가 보이는
낙동강 하류에서, 이제사

긴 물길 감싸고 있는
먼 강둑이 보이네요

바다

— 낙동강.400

바다는 강의 무덤
수평水平의 공원묘지

한 생애 흘러온 강이
단단한 몸을 풀면

파도는 푸른 수의壽衣로
지친 육신을 감싼다

노적봉[17]

— 낙동강.305

낙동강 굽이굽이 천릿길 푸른 물이

바다와 몸을 섞어 질펀히 퍼진 갯가

낟가리 층층이 쌓아 노적봉露積峰이 솟았다

봉우리에 발 돋우어 바람에 귀를 열면

옛 가야 말굽 소리, 조선 수군 함성들이

도도한 깃발이 되어 강물 위에 펄럭인다

굴곡진 시절 탓에 본류 지류 바뀌어도[18]

태백에 뿌리 적신 정갈한 물빛으로

누천년 함께 흘러온 백의白衣의 맥 아니랴

낙동로, 공항로 드넓은 길을 따라

강변에 쌓여가는 새 역사를 지켜보며

하구의 물너울 앞에 갯바람을 막고 섰다

---

17 노적봉: 서낙동강 하구 독뫼산, 임란 때 곡식을 쌓은 것처럼 위장하여 왜군을 격퇴했다
는 전설에서 유래.

18 일제가 제방을 축조하기 전에는 서낙동강이 본류本流였다고 한다.

부나비

― 낙동강.402

강이 생명이라며 강가에 살면서도

무지갯빛 현수교懸垂橋에
불꽃 잔치 펼쳐 놓고

물길을 갈가리 찢어 유람선만 만든다

낙동강

— 낙동강.304

오호라, 저 용틀임!

낙동강洛東江이 일어선다

햇빛에 반짝이는 바람물결 비늘 세워

오대양 육대주를 향해 용龍 한 마리 꿈틀인다

태백太白에 솟은 샘물

굽이굽이 흘러내려

금수강산 꽃길 따라 구미龜尾, 구포龜浦 휘돌아 와

남해와 백두대간의 생명줄을 잇는 강

아침 저녁 은빛 금빛

밤이면 별빛 달빛

봄 가을 여름 겨울 청홍흑백青紅黑白 물빛으로

산자락 낮은 어귀엔 강마을을 알[卵]로 품고……

서낙동강 품에 안긴 황금벌판 용머리에

칠점산七点山, 덕도산德島山을 눈알로 반짝이며

을숙도 푸른 갈숲을 여의주如意珠로 굴리는 강

순백純白의 두루마리

도도滔滔한 깃발 되어

가덕도 용뿔 세워 승천하는 반도半島의 용龍

낙동강 천삼백 리가 몸을 틀며 일어선다

여름 한낮

— 낙동강.449

팽나무 우듬지에 꼼짝 않고 조는 해님
할머니 부챗살에 강바람 다 모이자
매미는 햇살로 엮어
그넷줄을 흔들고

선잠 깬 강물 위에 반짝이는 조각 윤슬
쇠물닭 노란 부리가 어리연을 콕콕 쪼니
물길도 심심한가 봐
갈대 허리 툭툭 치고

이팝꽃

— 낙동강.381

강마을
보릿고개에

목이 메던
팝콘 허기

독도

― 낙동강.362

참, 금실도 좋아라
동서東西로 마주한 섬
행여나 멀어질까, 혹여나 떠밀릴까
난바다 저 풍랑에도 애틋한 정이 한결같다

참, 다복多福하여라
무릎 아래 노는 식솔
아들 딸 손자 손녀, 여든아홉[19] 한데 얼려
파도는 재롱을 감아 옥구슬로 뒹군다

오지랖은 또 넓어서 망망대해 펼쳐놓고
맞부딪는 갯바람도
소문所聞 섞인 강바람도
무명천 옷자락 폭에 쪽빛으로 다 받는다

---

19 독도는 동도, 서도 외 89개 바위섬으로 되어 있다.

누가 그댈 두고 외롭다 노래하리

화목한 대가족에 바다 있고 새들 있고

뭍에서 오는 마음도 일 년 내내 따뜻한 것을

망월동 아리랑

― 낙동강.380

달하, 높이 돋으샤 멀리곰 비추오시라

어긔야 어강됴리

물길 따라 노를 저어

서라벌 처용랑께서 빛고을에 마실 왔다

무등산도 우리 산, 낙동강도 우리 강[20]*

이름이 낙동洛東이라 서쪽 벌은 남이랑가[21]*

무등산 달빛 푸른 밤 낙동강은 낮일랑가

망월望月이라 부른대서 노상 달만 띄울랑가

처용랑 발걸음이 동서남북 쏘다니면

아리랑 골짝골짝에 밝은 햇살 비칠랑가

---

20 망월동 입구 돌비석에 새겨놓은 문구

21 우리가 남이가: 어느 국회의원이 대통령 선거에서 경상도 표의 결집을 호소한 말

망월동 밝은 달에 밤 들이 노니다가
낙동강 물빛 보니 가랑이가 또 엉겼네
어긔야, 아으 다롱디리
우리 가는 데 졈그를세라

인터넷Internet 풍문風聞

— 낙동강.377

아마도
강 저쪽에 무슨 일 있나 보다
바람의 발자국이 무수히 건너가고
갈대도 두 손을 모아 우우우 합창을 한다

물길 도는 강마을에 안개야 없으랴만
글로벌(global) 광역통신, 굴뚝 없는 온 세상을
전파電波는 공중 가득히 연기되어 흩날린다

눈빛은 오직 외곬
커서(cursor)에 꽂아놓고
손톱은 송곳 되어 자판기만 찍어대며
익명匿名의 컬러화면을 떠다니는 영혼들

발足 없는 소문들이 몰려간 강둑에는
민들레도 제비꽃도 잎잎이 뭉개지고
강물은 모로 누운 채 긴 밤 내내 뒤척인다

가덕도 안개

— 낙동강.367

아직, 가덕 등대는
안개 속을 헤매고 있다

신항만, 녹산공단, 거가대교 공사장의
타워크레인 철탑 아래 힘겹게 일어서는
가덕도의 아침
이미 디지털로 프로그래밍 된 100년 등대는
안개 속 무신호霧信號로
어디로든 다들 떠나라고 뿌우— 뿌우—
자동自動의 에어 사이렌을 쉼 없이 울리는데
개발에 밀려나는 강마을 사람들
뿌연 어둠으로 덮여버린 마음들은
어딘가로
물방울로 흩어지며 가기는 가야 하는데
거제도도 다대포도 김해벌도 보이지 않는 안개
그랬지, 금바다 김해金海
금빛 찬란했던 낙동강 하구의 바닷물은
장마 탓인가, 흙탕물로 흐르는데

통— 통— 통

안개 속을 달리는

아날로그 저 뱃소리

방패연

— 낙동강.393

멀리 떠나고 싶어
팽팽히 맞서지만

그대, 놓쳐버리면
추락하는 날개이기에

가슴에 구멍을 뚫어
강바람을 당긴다

사초史草

— 낙동강.382

=

강은 사마천이다
조선왕조실록이다
높낮이를 두지 않는 공평한 붓끝으로
먼동빛 수평을 찾는 도도한 몸짓이다

고요한 불립문자不立文字 백지白紙로도 흐르지만
바람이 세찰수록 굵고 큰 글로 적고
회오리 이는 날이면 난해한 글을 쓴다

해서체로 행서체로 때로는 초서체로
세상일을 다 적으며 유유히 흐르는 강
역사의 두루마리를 굽이굽이 펼쳤다

행로行路

— 낙동강.383

강은

따로 흘러도 같은 하구河口 다다르고

길은

한 길로 가도 갈림길 마주치고

인생은

만남도 이별도

알 수 없는 소용돌이

내시경內視鏡 청문회

— 낙동강.384

어이쿠! 들켰구나
기어이 탄로났네
열길 물속보다 더 깊이 감춘 속내
검붉은 온갖 용종들 모두 들켜 버렸네

위장胃腸으로 위장僞裝하여 뱃속에 눌어붙은
돈용종 명예용종 불법용종 편법용종
컴퓨터 환한 화면畵面에 오뚝이로 앉았네

세월도 굽이지고 인심도 휘어진 세상
반백년 긴 생애를 더불어 살다보면
외줄기 청정수淸淨水 삶이 쉽기야 했겠으랴

눈 부라린 기회마다 온갖 오물 빨아들여
강바닥 깊이 묻고 맑은 물로 꾸민 연극
내시경 촉수 더듬이에 밑바닥이 들통났네

참매미 소리

— 낙동강.369

땡볕이 무서워서
앙버티는 초가을을

햇살 올올 엮은
동아줄로 끌어와서

강언덕
미루나무에
칭칭 동이는 질긴 선율旋律

만어사[22]

— 낙동강.417

낙동강 물고기가 산에는 왜 앉았을까

강이 올렸을까

산이 끌었을까

스스로 목어木魚 되려고 비늘 세워 올랐을까

밀양시 삼랑진읍 만어산 너덜겅에

눈 감고 귀도 닫고 입도 다문 물고기들

산 아래 강물소리를 마음으로 듣고 있다

종각鐘閣을 휘어돌아 메아리로 이는 바람

운판소리 법고소리에 온 산이 기우는데

범종梵鐘이 얼마나 울어야 사람들은 종鐘이 될까

강은 먼 빛으로 안개 속을 흐르는데

산으로 헤엄쳐 온 물고기 종석鐘石들이

청동靑銅빛 울음소리로 산자락을 더듬는다

---

22 만어사萬魚寺 : 밀양 만어산의 고찰, 물고기 형상의 종석 너덜겅이 있다.

범종 앞에서

— 낙동강.422

새는 몸통을 버려 운판으로 훨훨 날고
짐승은 뼈대를 버려 법고로 둥둥 울고
고기는 속을 텅 비워 목어로 눈을 떴다

사람이 무얼 버리면 여운 깊은 범종 될까
머리, 가슴 다 비우면 천만근千萬斤 범종 될까
천 년을 엎드린 후에 먼지 모여 범종 될까

산안개 번진 골짝
목청 깊은 범종 소리
굵은 물줄기로 산기슭을 내려가서
흐르는 강의 꼬리를 팽팽하게 당긴다

걸립乞粒치기 1

— 낙동강.388

꽹사[23]들 다 모여라, 농깃발 앞세워라
상쇠는 채를 들고 화동花童은 고깔 써라
신묘년辛卯年 지신밟기다, 가가호호 기별해라

부포상모[24] 끄덕이는 꽹과리 장단 맞춰
징과 북 장구 소고, 포수 광대 마당 돌며
성주상 차려 올리소, 안택安宅굿을 하러 왔소

술과 돈 올린 상에 쌀 담고 양초 꽂아
여루여루 성주야 이 성주가 누 성주고
대청도 신이 났는지 마루짝이 들썩인다

이 댁에 대주大主 양반 소원성취 하시라고
부엌의 조왕님께, 우물의 용왕님께
장독대 고방을 거쳐 뒷간에도 풍악風樂이다

---

23 꽹사: 농악 걸립패 단원들
24 부포상모: 깃털을 단 상쇠의 상모

집 안 곳곳 빌던 축원祝願, 대문굿 하직할 즘

소복단장 안주인의 소지燒紙 올린 비손 끝에

한 무리 기러기 떼가 선회하는 강마을

긴 강둑 거리굿에 동네방네 흥청일 때

황혼에 먼저 취한 김해벌 샛강물도

농자農者는 천하지대본天下之大本

깃발 되어 일렁인다

걸립乞粒치기 2

— 낙동강.389

농사꾼 떠난 들판 상전벽해 강마을은
고공의 아파트촌 태평성대 아닐런가
걸립패 한마당 굿판 흐드러지게 벌여보세

채쟁 두둥 부왕 궁덕, 도동 타탕 얼쑤 좋다!
꽹과리 북 징 장구, 소고 포수 화동花童 양반
낙동강 일천삼백 리 꽹사 한량 다 모였네

마당굿 자리 없어 현관부터 활짝 여니
훈훈한 거실 안쪽 속옷 차림 저 성주님
뒷간을 마주한 채로 소파에서 느긋하다

조심스런 지신밟기, 성주풀이 축원하고
씽크대 조왕님께 수도곡지 용왕님께
냉장고 장독굿 후에 통장通帳 펼쳐 고방굿이다

안주인 인심 보니 올해 축원 영검일세
이 집의 내무대신 돈 바리로 호강하소
넉넉한 음복주飮福酒 돌려 걸립패도 흥이 난다

성주님도 조왕님도 시절 따라 사시는지

빼곡한 공장 사이 쏜살같은 찻길 닦아

공자工者는 천하지대본天下之大本

앞강물도 바쁘다

삶

— 낙동강.409

시간은 아날로그
강물도 아날로그

시간 속 물길 따라
인연으로 엮인 삶은

점점이 매듭지어진
디지털(Digital) 금목걸이

비무장지대 1

— 낙동강.438

무장지대 벗어나니 비무장非武裝이 더 무섭다

마른 강에 빠져죽은 물귀신이 노려보나?

통일로統一路 골 깊은 등짝

식은땀이 흐른다

비무장지대 2

— 낙동강.439

파도가 일지 않는 푸른 강 하나 있다
강폭 4킬로미터
길이 155마일
총구도 총검도 없는 세계 유일 지상낙원

꽃피는 지뢰밭의 팽팽한 적요寂寥 속에
숨죽인 바람, 바람
나무들 부동자세
강물도 파랗게 질려 화석化石이 된 평화의 땅

명태를 다듬으며

— 낙동강.412

골첩첩 겨울 산촌에 명태가 올라왔다
동해 북단 어촌에서 지인知人이 보낸 택배
꽁꽁 언 동태상자가 마음만큼 따숩다

입김 서린 온기溫氣 덜어 삼이웃네 다 녹인 후
냇가에 퍼질러 앉아 배를 쫙 갈라보니
청홍색靑紅色 바닷물빛이 한데 얼려 들앉았네

한겨울 어로한계선漁撈限界線 서슬 퍼런 난바다에
난류 한류 맞부딪쳐 파고波高 높은 명태 어장
낙동강 두만강 물은 어떻게들 섞였을까

꼬챙이로 배를 꿰어 햇볕에 내다 널어
코다리로 말려보고 북어로도 걸어두고
몇 마린 토막을 내어 동태탕을 끓이자

곧추선 남북 물길 맵고 짠 입맛 맞춰
파란 고추 칼칼칼 썰고 빨간 고추 총총총 다져
큰 솥에 물 그득 붓고 시원하게 무도 넣자

이글이글 장작불에 와글바글 국 끓으면
산천초목 모셔놓고 짐승들도 죄다 불러
숟가락 맞부딪히는 저녁 한 끼 먹어보자

구조조정

— 낙동강.429

평일 낚시꾼은 체면을 미끼로 쓴다
어정쩡한 나이들이 줄을 친 샛강 변에
빽빽한 소나무들도 할 일 없어 그늘陰이다

내일은 무슨 핑계로 또 여기 출근할까
찌를 노려보며 마른 빵을 씹을 즈음
회사는 늘 그랬듯이 저들끼리 구르겠지

문득 가지 하나
툭, 하고 떨어진다
고개 들어보니 흔들리는 소나무
가슴엔 마른 가지를 한 아름이나 품고 있다

제 살을 도려내는 나무의 구조조정!
말라죽은 가지 사이 아련한 하늘빛이
강물에 파랗게 내려 한 굽이로 흐른다

퓨전(Fusion) 탐조探鳥

— 낙동강.435

철새들 머문다는 을숙도乙宿島를 출발하여
물길 거슬러 올라 주남지에 접어들면
오리는 못에서 넘쳐 길목에도 진을 쳤다

풀덤불 막사에서 눈요기로 위장하곤
불판에 둘러앉아 생오리를 구울 즈음
바람은 방향을 잃고 빙판 위를 뒹굴고…

강둑에 서서 보니

— 낙동강.405

물줄기 흐르는 것이 절로는 아니더라

굽이진 굴곡 따라 물머리가 이끌더라

인생도 인연길 밟아 내가 끌고 가더라

취흥醉興

— 낙동강.414

술을 마셔야만 취하는 건 아니다
저녁놀 곱게 번진 들녘에 섰노라면
한 생애 제멋에 겨워 붉게 취한 강을 본다

어리연 노란 꽃잎
논병아리 까만 발톱
가슴으로 기른 것들 재롱 삼아 띄워놓고
갈대숲 허리를 안고 바람 불러 춤도 추고

강둑 넘어 전해오는 세상사 숱한 사연
이웃들 아픔에도, 화면畵面 속 슬픔에도
콧잔등 찡해지는 맘
촉촉 젖는 눈망울

함께 흐르는 굽이 어딘들 강 아니랴
따뜻한 눈길 주며 출렁이는 물길 보면
술잔을 주고받아야 취하는 건 아니다

포도를 먹으며

― 낙동강.413

강둑을 스쳐가는 추억의 물방울들

한 알 한 알 건져 올려
톡, 하고 터뜨리면

물무늬 엷게 번지는
새콤달콤
자줏빛 향

촛불강

— 낙동강.354

강의 뼈다귀가
들판을 가로누웠다

누가 흐르는 강을 뼈대로 만드는가
영상零上의 기후에도 빙판氷板으로 견고한
목뼈 굳은 자의 하얀 어둠
꼬리에 꼬리를 물고 이어지는
1급수 송사리들이 모였다
두 손 모아 송이송이 피우는 꽃
칠흑을 밀어 올리는 채송화 꽃무더기

꽃길은 용암이 되어
얼음강을 덮는다

봄, 꽃사태沙汰

― 낙동강.419

저런!
저 산골짝!
산사태 났나 보다!

간밤 그 봄비에 황톳물 넘쳐나네
활짝 핀 철쭉꽃들이 다 휩쓸려 가나 보다

초요기

— 낙동강.440

섬
가덕도가
깃발로 일어선다

댓잎 조각으로 난바다를 떠돌던
임진년 푸른 물길들 모두 모여든다
오늘, 2012년 10월 4일
제1회 이순신 장군 부산대첩 대제!
갯바위를 치며 향으로 피어올라
천성진성 허물어진 옛 돌담을 휘어 감는
백의白衣의 연기들
무너져 내리는 조선에도 새벽을 여는 닭은 있어
내일이면 청천하늘에 해가 뜨리라
함성으로 진군하던
1592년 10월 5일, 부산대첩
역사의 물길 살아 바람은 다시 일어
연대봉 봉수대에 펄럭이는
장군의 깃발 보면
가덕도는 이제 섬이 아니다

가덕은

충무공이 흔드는

대한민국의 초요기招搖旗다

하구에서

— 낙동강.427

을숙도에 오시거든 강물일랑 잊으세요
궂은 일 슬픈 일
지난날은 모두 잊고
수평선 아득한 저쪽 먼 바다만 보세요

강은 둑으로 막아 제 물길로 흐르면서
이골 저골 겪은 일들
줄줄이 끌고 오지만
바다는 둑을 허물고 서로 엉겨 있잖아요

말_들
— 낙동강.431

가벼운 낙엽이라고
강물에 던졌더니

그것이
때로는
돌팔매가 되었던가

강바닥
깊이 갈앉은
검은 나뭇잎 한 장

시인들의 묘비[25]

— 낙동강.392

삐이삐- 배뱃종뱃종!
멧새들 다 모였네
복사꽃 흩날리는 금잔디 시인 마을
주인의 시정詩情을 담은 묘비들이 다채롭다

아직도 빨래라며 두 팔 벌린 묘비하며
이끼 핀 화강석에 이름 석 자 꼿꼿한 이
영롱한 이슬방울이 알알 맺힌 묘비도 있다*

청동판靑銅版 묘비 곁에 목비木碑 몇 삭아가고
대리석 시비詩碑들을 칭칭 두른 무덤 저편
이름도 부질없는 듯 알무덤이 동그랗다

삶이 시가 못 돼 거꾸로 선 묘비가 있고
고꾸라진 고주망태 청석靑石 너머 오석烏石 하나
감투가 너무 무거웠나, 목이 뎅강 잘렸네

---

25 작고한 시인들(1연:박두진, 김소월/2연:김관식, 조지훈, 김영랑/3, 4연: 생략/5연:이병기, 박목월 등)
의 이미지를 원용함.

개울은 옥을 갈아 서정抒情 낭랑朗朗 구르는데
오리목 속잎 피는 자줏빛 바위 사이
청노루 한 마리 앉아 두루마리를 뽑고 있다

물길은 예나 제나 시편詩篇들로 반짝이고
마을을 휘돌아 감돌아 세상 속을 스미는 강
유유한 물굽잇길에 꽃잎 동동 띄웠다

잠버릇

― 낙동강.385

깊은 골 무덤들은 잠버릇도 갖가지다
생전의 일상들을 떨칠 수 없었는지
잠자는 모습을 보면 지난 일을 알 것 같다

소나무 빼곡한 아랜 벌목꾼이 자나 보다
스멀대는 뿌리들의 간지럼을 참으면서
이담에 쓸 나무들을 제 품에 잔뜩 안았다

찌그러진 봉분 받쳐 주정꾼도 한잠이다
오일장 다녀오다 소주 몇 잔 걸친 날은
알뜰히 다 작살내어 성한 세간 남았을까

서러운 이국異國 생활 원폭 피해 가족도 있다
버섯구름 뒤집어 쓴 아픔을 견디다 못해
제 누운 가장자리를 몸부림치며 깎았구나

낙동강 뱃사공도 여기 잠시 누웠나 보다
무덤째 끌고 달려 도랑 패인 흔적 보면
소나기 쏟아지던 날 냇물 되어 갔을 게다

흐르는 물길 따라 어기여차, 노 저으며

깊은 골 잠든 이의 잊혀진 옛 소식을

푸른 강 두루마리에 올올 적어 펼칠 게다

길

― 낙동강.436

마주친 바람살에
물결
어지러운 날

강가에 나와 앉아
길을
묻노라니

장강長江은
하늘을 담아
물길로만 굽이지네

물방울 인생

— 낙동강.441

똑, 똑, 똑

떨어진 후에

사노라면

독獨
독獨
독獨

강처럼 흐르기

― 낙동강.432

강물에 화가 나면 돌 하나만 던지자

풍덩!
물방울 튀고
번져나는 엷은 파문

복수도 아름답게 하면 꽃이 피고 미소가 된다

죽기 연습

— 낙동강.386

산으로 가는 길이 참으로 아늑하다
이미, 잎들 다 져 나무도 편안해졌고
하늘은 파란 수의壽衣에 구름 몇 점 띄웠다

동그란 무덤 사이 팔을 베고 누워보니
수직으로 쏟아지는 눈부신 빛의 화살
따뜻한 낙엽을 모아 봉긋하게 덮어준다

스르르 감긴 눈에 내 물줄기 일렁인다
한 생애 쉼없이 흘러 이랑이랑 굽이진 강
저만치 홀로서기 한 샛강물도 보인다

살다가 죽는 일은 옷 한 벌 갈아입기
수의보다 더 가벼운 햇볕 아래 물水이려니
이대로 그냥 잠들면 참말로 포근하겠다

겨울강

— 낙동강.357

흐르는 빙하氷河를 보니
겨울강도 강이겠구나

천길 두터운 벽, 빙하도 흐른다는데
까짓 낙동강의 얄팍한 얼음쯤이야
수수만년 빙하로 덮인 뉴질랜드 마운트쿡
그 얼음덩이 시시로 흘러내려
청옥빛 선녀의 깔개를 데카포호수에 펼치고는
날개 접고 눈 감아도 마냥 행복한 새
키위(Kiwi) 같은 순둥이들을 어우러지게 하였다

천 길 두터운 벽, 빙하도 흐른다는데
까짓 낙동강의 얄팍한 얼음쯤이야
강시僵屍 같은 율법律法 지하에서 껑충 되살아
손가락 끝에 입력된 표적들 쫓겨나고 잡혀가고 불타 죽는
얼음 산성山城의 코리아 소식은
다시 한겨울
천 길 두터운 벽, 빙하도 흐른다는데

까짓 낙동강의 얄팍한 얼음쯤이야
물 얼어 얼음 되고 얼음 녹아 물이려니

낙동강 일천삼백 리가
겨울인들 강 아니랴

복수

― 낙동강.433

아무리 화가 나도 침은 뱉지 말자

강물도 흐르고
나도 흐를지니

둥둥 든 허연 피멍만 내 혀끝에 맴돌 뿐…

뱃놀이

— 낙동강.430

컴퓨터 화면 위에 바다가 펼쳤구나
마우스(Mouse) 밀고 당겨
어기여차! 배 띄워라
난바다 물너울 저쪽 계절풍이 새로 인다

물마루에 두둥실 뜬 아이콘(Icon)에 창槍을 꽂아
클릭(Click), 클릭으로 겹겹의 문을 열면
광속光速의 모래시계는 순간이동 쌍돛이다

검푸른 시간 너머 스쳐가는 숱한 별들
몇 억 광년光年 먼 강둑에 닻을 내려 눈길 주면
링크(Link)된 항성恒星, 행성行星이 손짓하며 반기는 곳

커서(Cursor)로 노를 저어 은하수를 찾아드니
이웃 성단星團 혹성惑星에서 방금 보낸 메일(Mail) 한 통
'이 순간 그대 눈빛이 이 우주宇宙의 새 별일세.'

뒷모습 만들기

— 낙동강.434

떠나는 뒷모습은 붉게 젖어야 한다

넉넉한 강폭에 실려 바다에 잠겨들어

눈시울 촉촉 적시는 황혼으로 가야 한다

강의 꿈

― 낙동강.355

먼 길 흐르면서
강은 꿈을 꾼다

바다는 강의 꿈이 아니다
굽어 천리, 휘어 만리
손발 부르트도록 낮밤 걷고 달려
마지막 닿는 곳이 바다라 할지라도
강의 꿈은 바다가 아니다

바다는 강의 깻묵일 뿐이다

첩첩산골 바위틈의 깨알 같은 물방울들
손에 손 잡고 휘돌아 감돌면서
이 땅 어느 곳인들 꿈 아니랴
어화둥둥 내 사랑아
제 몸 터뜨려 짜낸 땀방울로 피운
아름다운 열매들이 강의 꿈이다

칠백 리
강마을 생명이
낙동강의 꿈이다

가을 구포둑

— 낙동강.451

구미, 남지, 원동 지나 구포쯤 다다르면
코끝에 스며드는 짭짤한 갯내음에
강물도 주춤거리며 뒤꿈치를 밟는다

이런 저런 생각으로 눈빛이 깊어진 강
멀찍한 강둑만큼 넓어진 가슴 폭에
물결은 노을을 실어 낙엽으로 일렁이고

강둑을 스쳐가는 경부선 고속열차
소린 듯 바람인 듯 등짝을 떠미는데
물길은 쉬다 가자고 을숙도를 안고 돈다

하구河口에 노을 들면

— 낙동강.406

샘물도

시궁창 물도

황혼으로 빚은 일색一色

가슴 속에 상처 하나 없는 사람 있으랴

― 낙동강.442

강도 가슴 깊이 흙탕물을 품고 산다
첩첩계곡 낭떠러지
내리막길 돌부리에
상처 난 붉은 물길을 다독이며 흘러간다

윤슬로 반짝이며 유유히 굽이져도
밑바닥에 가라앉아
흉터가 된 흙찌꺼기
행여나 뒤집힐까 보아 안 그런 척 품고 간다

발비|26

― 낙동강.445

시간의 물방울들
타닥타닥 떨어져

꽃으로 피어나는
하얀 앞마당에

또 하나 물줄기 되어
흘러가는 시간들

어느 억겁 세월
흘러간 훗날이면

나는 또 오늘 이 시각
이 하얀 앞마당에

한 떨기 꽃으로 피는
물방울로 떨어질까

---

26 발비: 발簾을 드리우듯 한 굵은 빗줄기, 주로 소나기 초입에 쏟아짐.

제4부

강마을 불청객들
(제4집)

2014, 세종출판사

집수리하세요

― 낙동강.233

귀찮아 못 살겠다, 허구헌 날 들볶으니
심야전기, 지붕 개량에
대문도 고치란다
비 새고 방도 춥다만 아직 쓸만한 시골집

전단지로 날아들고 스티커로 달라붙고
모처럼 쉬는 날엔 잠 깨워 쑤시더니
어디서 알아냈는지 전화로도 찔러본다

전망 좋고 공기 좋아 불편해도 정이 든 집
천장에 물 새는 건 아들놈도 모르는데
방송도 안 탄 사연을 어떻게들 알았을까

서낙동강 언저리의 아늑한 동산 기슭
철 따라 꽃을 피워 그림 한 폭 앉혀놓은
지붕도 꽃물이 배인 대숲 속의 빨간 집

방 안에 강물 흐르다

— 낙동강.234

간밤엔 폭우 내려 물대야 두엇 받쳤는데
출근 후 전화 거니 지류支流 몇 개 더 생겼단다
천장의 흙물 난리에 차단기마저 나갔단다

금이 간 슬레이트집은 수업授業 중에도 걱정이라
태풍 매미[27] 날갯짓에 핸드폰을 다시 여니
풍경風磬도 다 떼어놓고 뒷산 물꼬도 틔웠단다

수화기에 넘쳐나는 나뭇잎 부딪는 소리
바깥은 포기한 채 섬처럼 앉았으니
마누라 날아갔는지 수시 확인을 하란다

남해상南海上 태풍이사 이제 겨우 시작인데
나무도 흔들리고 활자活字도 흔들리고
세상이 다 흔들리니 아내 맘도 흔들릴라

---

27 매미 태풍: 2003.9.12. 퇴근 무렵 부산에 상륙한 초강력 태풍

늦은 귀가 미안해서 손전등을 목에 걸고
비바람 거친 속을 누전漏電 될 곳 찾아 나서
니퍼를 재깍거리며 전깃줄을 더듬는다

의심 가는 구석구석 이음새를 살펴본다
외등도 풀어보고 창고 선도 잘라보다
큰방의 선을 자르니 차단기가 바로 선다

방안에도 홍수가 져 물바가지 각오한 오늘
부엌이 다행이라며 늦은 저녁을 차리는 아내
이 밤도 우리 방에는 맑은 강이 흐를 것 같다

문 서방蚊書房²⁸ 보시게나 1

— 낙동강.326

무더운 여름밤을 딱 한 놈이 애먹인다
천지간 고요한 밤 잠 살풋 들만하면
귓전에 스치는 칼날
소름 같은 한 줄 굉음轟音!

네놈 꼬시려고 한 팔만 꺼내놓고
탁! 하고 냅다 친들 내 살만 멍이 들 뿐
눈에다 불을 켜지만 흔적조차 묘연하다

내 몸의 그 많은 피 아까워서가 아니니라
쬐끔만 달라든지, 아님 몰래 퍼가든지
화들짝 잠 깨워놓곤
메-롱 하듯 사라지니……

곤고困苦한 인생살이 이 밤 지나 또 겨운데
강바람 살랑대도 푹푹 찌는 열대야를
문 꼭꼭 쳐닫고 잔다, 날 밝으면 그때 보자

---

28 모기 문(蚊)

천장에 모로 누워 붉은 배 두드리며
이 풍진 세상 만나 격양가擊壤歌를 부를 네놈
육시戮屍로 분忿 풀어봐야 내 피로만 칠갑일 터

먼지 같은 벌레虫이나 글월 문文 들었으니
인정에 약한 내 맘
피를 나눈 인연으로
축문祝文을 몇 줄 섞어서 향불 가득 피워주마!

문 서방蚊書房 보시게나 2

― 낙동강.327

낙동강 강바람이 잔잔한 날 있었더냐
실낱 같은 바람에도 이리저리 날리는 몸
우리네 미물微物의 삶이 편한 날이 있었더냐

한 세상 사는 일이 이다지도 험난하랴
껍질이 단단하나
덩치가 크길 하랴
허공에 풀풀 날리는 티끌 같은 내 신세야

타고난 팔자 좋아 복福 많은 족속들은
회전의자 빙글빙글
두 발 뻗어 기댄 채로
손가락 까딱거리며 비스듬히 산다던데

내, 무슨 협혈귀랴
종족보전 일념―念일 뿐
피 한 톨 얻기 위해 하나뿐인 목숨 걸고
온몸이 파르르 떠는 내 팔자를 누가 알랴

실패도 약藥이라는 여유작작餘裕綽綽 인간들은
성공의 어머니라며 숱한 기회 노리지만
우리들 한 번 실패는 영락없는 저승행

우주를 덮어오는 시꺼먼 그림자로
천둥 같은 소리 내며 손바닥 덮치는 땐
만고萬古의 악형惡刑 중에도 이런 형벌 없더라

새남터 붉은 땅의 망나니 칼도 아닌
사방에서 말馬로 찢는 능지처참陵遲處斬 그도 아닌
짙푸른 손금에 끼인 흔적뿐인 박살搏殺이라

모기 같은 운명들이 어디 한둘이리
아찔한 고공高空이나
아차! 하는 컴퓨터나
한 순간 발끝 손끝에 운명을 건 우리네 삶

바늘귀 구멍만한 주린 배 채우려고
비 오고 바람 부는 샛강을 넘나들며
한 목숨 내맡긴 생애 아슬아슬 눈물겹다

서생원鼠生員님 전前 상서上書 1

― 낙동강.237

네놈들, 날 밝으면 3족을 멸할테다
쥐 죽은 듯 고요하단 말 오죽해서 생겼겠냐만
천장에 바스락대며 날밤을 새게 하다니!

빗자루로 치다 못해 고양이 소리도 내보지만
지붕 밑 딴천장이 난공불락 요새라고
꼭지 끝 약 올려 놓고 살아남길 바라느냐

터알에 구멍 판들 내 언제 뭐라더냐
내 담장 드나든들 집세 한 번 내라더냐
네놈도 아파트 좋아 흙마당 집 버렸구나

얄미운 녀석들이 풍광風光 보는 안목은 있어
강마을 꽃 피는 집 청락헌聽洛軒²⁹ 찾은 인연
기특고 가상도 하여 내 못 본 척 냐뒀더니……

---

29 청락헌聽洛軒: 필자의 옥호屋號

내일, 날 밝자마자 〈톰과 제리〉³⁰ 쥐약을 사
그릇그릇 듬뿍 담고, 구멍구멍 쑤셔 넣어
같잖은 콧수염 털이 춤을 추게 만들 테다

그 알약 먹고 나면 온몸 나른하여
눈알이 어리벙벙 세상만사 다 귀찮아
배 밖에 간肝을 내놓고 섬돌 밑에 앉았을 터

동고동락同苦同樂 한 지붕의 미운 정도 정이라니
능지처참 분忿을 참고 고통 없는 염殮을 하되
쾌재快哉라! 상여노래하며 수목장樹木葬을 시킬 테다!

---

30 쌀알 같은 쥐약, 눈이 어두워져 밝은 곳으로 나와 죽게 됨

서생원鼠生員님 전前 상서上書 2

— 낙동강.238

귀를 막고 생각하니 네놈들이 괘씸하다
편리한 아파트 붐(Boom) 이해는 한다마는
남의 집 천장에 살면 염치 하나는 있어야지

네놈들 방바닥이 천장인 줄 몰랐더냐
무슨 놈의 경기인지 밤새껏 시합이냐
네 새끼 몇 두름이며 팀(Team)은 또 몇 개더냐

리그전 풀게임(Full game)에 공소리, 아이소리
그래도 어른이라고 간간이 들리는 호통
평소에 무너진 권위, 영슈이 설 리 있을 테냐

저런 아이 밖에 나가 식당서도 동동 뜰 터
길 잘못 든 아이들은 낮밤도 바뀌느니
밤새운 오락娛樂 폭주족暴走族 이런 버릇 키울 테냐

김해벌 너른 들에 태풍이 휩쓸던 밤
물길이 곤추서서 강둑을 내리쳐도
강마을 옹알이 삼아 토끼잠은 들었느니

서일필鼠一匹의 경천동지驚天動地 잠 못 들어 하소연하니

제바닥 제 뛴다고 눈 흘기는 버르장머리

내 천장 드릴로 갈까, 예끼 이놈 돌상놈들!

서생원鼠生員님 전前 상서上書 3

— 낙동강.239

네놈들 짓거리가 미련하고 한심하다
이빨이 고장나면 치과로 가야 할 일
오색실 친친 동여서 망치질을 하느냐

꼴에, 들은 건 있어 치아 관리 한답시고
써까래는 치간칫솔 전깃줄은 치실 삼아
소리도 못 살겠지만 멀쩡한 집 다 부순다

지붕이 폭삭하거나 누전으로 불이 나면
아래층 사는 나야 문만 열면 땅이지만
위층에 갇힌 네놈들 압사 아니면 통구이라

네놈들 죽은 후에 무엇을 남기려느냐
새앙쥐 네 주제에 이름이 남겠느냐
엉성한 네 몰골 보면 가죽인들 쓰겠느냐

네놈도 축생畜生이라 고기는 남겠지만
만고강산 먹거리들 샅샅이 다 뒤져도
발 달린 쥐포는 없고 쥐바베큐 없더니라

너 갉는 이 집도 알고 보면 복福 덩어리

물도 땅도 풍광도 좋아 네놈들 모여든 곳

강마을 그림 한 폭을 네 이빨로 망칠테냐

요즘 치과 기술 좋아 교정에서 의치義齒까지

복지福祉도 다양해져 보험 되고 보호 되어

옥탑방 다자녀多子女 가구 웬만하면 공짜니라

서생원鼠生員님 전前 상서上書 4

— 낙동강.240

아무리 생각해도 알 수 없는 노릇이다
벽돌로 쌓은 벽을 어찌 뚫고 들었으며
단단한 천장 바닥은 또 왜 그리 울리는지

강변 낡은 동네 집 잘 짓기 무엇해서
내, 돈도 좀 아낄 겸 싼 자재 몇 끼웠다만
영악한 네놈 아니면 어느 뉘 눈치 채리

이 동네 집짓기는 가시나무 연鳶줄 풀기
그린벨트, 절대농지, 도시계획, 고도제한을
원주민[31*] 가옥대장으로 첩첩 난관 뚫었노라

네놈들 망쳐 놓은 상하수도 전기공사
이 공사 하나에도 천만 서류 찍은 도장
돈 사정 뻔할 뻔자에 어찌 다 책冊대로 하리

---

31 원주민 가옥대장이 있으면 다소 쉽게 건축 허가가 난다.

부실에 날림공사 하고많은 아파트도

쥐들이 날뛴단 말 듣도 보도 못했는데

공짜로 세든 놈들이 집주인을 못살게 한다

서생원鼠生員님 전前 상서上書 5

— 낙동강.241

돌아누워 생각하니 네놈이 불쌍하다
딸 아들 구별 없이 하나만 낳더래도
골첩첩 험난한 세상 키우기가 버거울 터

포도송이 DNA인지 줄줄이 새끼 달아
삑, 하면 후벼 뚫고 찍, 하면 물어 뜯어
전셋집 얻기 힘들어 내 천장에 들었겠지

집 없는 드난살이 그 설움 내 알기에
방세는 고사하고 변소세도 안 받건만[32]
축생畜生이 배신한 일은 인간사에 첨이로다

내 집서 나가라면 끽 소리 못할 놈들
계약서가 있길 하냐 확정신고[33]를 알길 하냐
국회가 아무리 미쳐도 쥐 보호법 안 만들 터

---

32 과거 셋방살이는 변소세를 따로 내었다.

33 확정신고를 하면 전세금 우선 보호 대상이 된다.

겨울철 비싼 전세, 공짜 집 쫓겨나면
갈잖은 털가죽에 온 식구 오르르 떨며
강마을 거친 바람에 풍찬노숙風餐露宿 될 말이냐

네놈도 알다시피 내 직업이 선생에다
무자년戊子年 자시생子時生에 성姓마저 서가徐哥이니
천생天生의 인연이 중해 딱 한 수만 가르쳐 주마

'무턱대고 낳다 보면 거지꼴 못 면한다'[34]고
아이 셋 낳는 백성 야만인 취급할 때
나 또한 예비군 시절 바지 잠시 벗었노라[35]

---

34 60~70년대의 정부의 산아제한 홍보 표어.
35 당시 예비군을 상대로 온갖 감언이설로 정관수술을 유도하였다.

서생원鼠生員님 전前 상서上書 6

― 낙동강.242

오호라, 쾌재快哉로다 네놈이 잡혔구나!

구르고 내달리고 똥 싸고 기둥 갉고

밤낮을 못살게 굴던 만고역적萬古逆賊 죄값이라

네 한 놈 잡으려고 곳곳이 놓은 지뢰

알약, 가루약에 벼락틀, 끈끈이까지

그물망 용케 피하다 쥐틀 속에 갇혔구나

네 쬐끔 학문 있어 벼슬이 생원生員 되어

신책神策이 구천문究天文이요 산妙算이 궁지리窮地理라도[36]

내 재주 칠종칠금七縱七擒이라 내 계략을 피할소냐

드물게 얻은 기회 요리조리 살펴보니

소문보다 긴 꼬리에 소문과 달리 동그란 눈

뾰족한 앞니 한 쌍에 콧수염이 가소롭다

---

36 〈여수장우중문시與隋將于仲文詩〉의 일부

어떻게 요리할까, 코를 쥐어박을까
주리를 틀어줄까 물고문을 시킬까
망나니 고양이 불러 목을 뎅강 자를까

오라를 칭칭 동이고 큰칼 목에 씌워
동네방네 다니면서 돌림매를 치게 할까
때마침 난타³⁷를 불러 특별공연 하게 할까

떼거리로 사는 놈들 한 놈 죽여 무엇하리
털 뽑고 발톱 빼고 수염은 불로 지져
흉측한 몰골 만들어 다시 살려 보내자

네놈 살아가면 온 이웃이 다 보고는
이집 주인 악질이라고 샛강 타고 소문 퍼져
제 족속 몽땅 데불고 이민이나 가게 하자

쥐틀에 갇힌 놈을 꼬챙이로 갖고 놀다
아차, 내 손가락! 깜짝 놀라 잠을 깨니
천장엔 쥐들의 천국, 남가일몽南柯一夢 허사로다

---

37 칼과 도마로 하는 난타식亂打式 연주가 그룹

서생원鼠生員님 전前 상서上書 7

— 낙동강.243

야호, 걸렸구나! 이번엔 틀림없다
간밤엔 샛강 둑에 벼락이 때리더니
영악한 네놈 잡으려 하늘이 도왔구나

구석을 다니거든 흔적이나 남기지 말지
네놈들 길목길목 감쪽같이 숨겨둔 덫
아무리 신출귀몰해도 벼락틀은 못 피하지

그래도 꾀는 있어 목이 뎅강 안 찍히고
약게약게 건드리다 발목이 잡힌 꼴에
아직도 건재하다고 호기까지 부린다

네 이놈, 괘씸한 놈 한 방에 끝내주마
단매에 때려잡을 몽둥이 뒤지다 보니
쾌재라, 겹경사로다! 고물고물 새끼 있네

포근한 이불 속에 옹기종기 엉긴 녀석
자상仔詳히 살펴보니 기쁨도 순간일 뿐
아무리 웬수라지만 새끼는 다 아픈 법

그래, 그랬구나 문짝을 갉은 사연
발목을 엮은 쥐틀 피 흘리며 끌어당겨
제 품에 새끼 품으려 가시밭길 걸었구나

추적추적 내리는 비 온몸에 맞으면서
밤새워 뚫은 구멍 쇠덫에 걸려 있어
새끼를 코앞에 두고 발목뼈가 앙상하다

새끼들 뱃가죽은 등짝에 붙었는데
어미 배 살펴보니 젖이 퉁퉁 불었구나
쥐약을 먹여야 하나 어미젖을 물려야 하나

이 세상 애완동물 낱낱이 뒤져봐도
쥐 데리고 사는 사람 어디 그리 흔하던가
살려도 웬수 될 인연, 저 핏덩일 또 어쩔꼬

서생원鼠生員님 전前 상서上書 8

— 낙동강.244

죽은 너도 어이없겠지만 잡은 나도 황당하다
창고는 그렇다 치고 보일러엔 왜 숨었다가
아무리 다급하기로 옷소매로 들오느냐

구멍을 좋아하는 네 천성은 안다마는
예고도 없는 돌진突進 언감생심 내 품이냐
숨겨 논 꽃각시[38]라도 화들짝 놀랄 일을……

내 만약 숨이 가빠 입이라도 벌렸다면
구절양장 긴긴 창자 굽이굽이 감돌다가
생각도 아찔하여라, 항문으로 나올 테냐

독수공방 어젯밤은 왠지 더 춥다 했지
외줄타기 광대놀음 싫증이 났던 놈들
전선을 마구 갉아서 냉방을 만들었구나

---

38 꽃각시: 애첩愛妾

따뜻한 내 창고를 본거지로 삼았으면
기름이 새는지나 눈여겨 살펴야지
주인은 동태 만들고 혼자 성히 살렸더냐

아닌 밤중 비명횡사 내 탓은 아니다만
너는 죽어 놀라고 나는 살아 놀랐으니
강언덕 전망 좋은 곳의 땅속 깊이 묻어준다

서생원鼠生員님 전前 상서上書 9

― 낙동강.245

네 이놈, 고얀 놈들 맘껏 날뛰거라

지구가 멸망해도 네놈은 산다더라만

네놈들 씨 말릴 묘책妙策 천만 가지 더 되니라

모두들 배고프던 후진국 그 시절에

달마다 날 잡아서 전국민 단결하여

쥐꼬리 자르던 운동[39] 실패한 일 나도 안다

자고로 쥐와의 전쟁, 성공한 적 없다 해도

새로운 병법兵法 개발 낱낱이 알게 되면

네놈도 털이 곤두서 고슴도치 될 거다

별주부 토끼 꾀듯 감언이설 유혹하기

장끼를 홀려놓는 진수성찬 차리기는[40]*

우아한 고전古典 수법이나 네놈한테는 과분할 터

---

39 5~60년대에는 학생들이 쥐꼬리를 잘라 학교에 갖고 갔고, 매월 25일에는 '전국민 쥐 잡는 날'로 정하고 정부에서 대대적 홍보와 함께 쥐약을 나눠주었다.

40 고전소설 [별주부전], [장끼전]의 내용을 원용함

가루약 묻히기에 알약 쳐먹이기

가두고 나꿔채고 끈적끈적 붙이는 건

손쉬운 전통 방법이나 시대 역행의 폭력수단

바야흐로 이 시대는 첨단과학 전성시대

바이오(BIO) 생명공학 전자칩 로봇공학

의학적 정신 분석에 행동제어行動制御 기술도 있다

다양한 기술 중에 어떤 것을 선보일까

네놈들 게놈(Genome) 구조 이미 다 그렸으니

고양이 유전자 심어 네놈 형질形質 바꾸리라

생각만도 소름 돋는 고양이 털 송송 심어

자나깨나 밤낮으로 온몸이 근질근질

가시는 걸음걸음마다 알레르기 일게 할까

뾰족한 고양이 발톱 네 발등에 나게 한 후

이놈의 발톱들이 틈만 나면 솟구쳐서

제 몸에 구멍을 내서 벌집으로 만들까

아니다 차라리 고양이 본성을 이식하여

피아간彼我間 구분도 모른 적과의 동침으로

쥐새끼 동족상잔시켜 멸종하게 만들자

서로 잡아먹다 마지막 남은 한 놈

허기진 어느 날 밤 자기 살 제 갉아먹어

뼈대만 앙상히 남아 앞강물에 떠가겠지

서생원鼠生員님 전前 상서上書 10

― 낙동강.246

이놈의 쥐새끼들! 잔뜩 화가 나서
천장을 북- 찢어서 쥐약을 확- 뿌렸더니
놈들이 바닥을 치며 밤새도록 곡哭을 한다

무도한 인간들이 쥐를 못살게 군다!
멀쩡한 제 천장을 갈기발기 찢어놓고
쥐약에, 온갖 쥐틀에 불쌍한 쥐 씨 말린다!

아-고, 원통해라! 지뢰밭 우리 팔자八字
알약, 가루약에 벼락틀, 끈끈이까지
그물망 촘촘촘 놓아 죽은 식솔食率 얼마던고

먹다 죽고, 묻혀 죽고, 찍혀 죽고, 갇혀 죽고
끈적끈적 달라붙은 생목숨이 얼마더며
인간들 마당 어귀에 수목장樹木葬이 얼마더뇨

영악한 인간들이 '서생원鼠生員' 벼슬 주곤

고양이 없는 세상 화평천지和平天地 만든다고

십이지十二支 맨 앞에 서서 속은 세월 또 얼마뇨[41]

뱀巳에게 감겨 죽고 닭酉에게 쪼여 죽고

개戌에게 물려 죽고 돼지亥에게 뜯겨 죽고

운수가 사나운 놈은 소丑 뒷발에 밟혔구나

호랑이寅는 고양이과科 말午 발굽이 소 발굽이라

뱀보다 더 무서운 용辰트림에 박살나니

교활한 인간 심보를 어느 누가 당해내랴

세상에! 그뿐이랴 '쥐볶이 날' 정해 놓고

정월달 쥐날子日에는 집집이 콩을 볶고

온 세상 쥐불을 놓아 금수강산 다 태운다!

임진년壬辰年엔 왜놈들이 귀와 코를 베가더니

대명천지 이 시대에 쥐꼬리 모은다고

애꿎은 오징어 다리만 절단이 났더구나[42]

---

41 자축인묘진사오미신유술해子丑寅卯辰巳午未辰酉戌亥에 고양이는 없다.

42 쥐를 못 잡은 학생들이 쥐꼬리 대용으로 가져감

애고- 배고! 가슴 치며 밤새워 구르는 통에
핏발 선 내 눈알이 아침 해로 솟았는지
태양도 산산조각 나 앞강물에 떠가더라

서생원鼠生員님 전前 상서上書 11

— 낙동강.247

밤마다 겪는 전쟁 정말, 신물이 나
와지끈! 천장을 뜯고 비몽사몽 누웠는데
쥐들이 벽을 갉으며 꺼이꺼이 울음 운다

야속다, 인간 심보! 서러워라 드난살이!
고대광실 넓은 집에 이왕지사 텅 빈 공간
방 한 칸 빌려주는 게 이다지도 인색하다

원통·절통 억울하다! 악질적 비방욕설
잡다잡다 못 당하니 생트집이 다반사라
인간들 어거지 사연 낱낱샅샅 들어봐라

'쥐새끼'는 약은 자에 '쥐포수'는 옹졸한 자요
'쥐정신'은 건망증에 하찮은 건 '쥐코밥상'
같잖은 일을 벌이면 '쥐구멍에 홍살문'이네

벼룩이 옮기는 병을 '서역鼠疫'⁴³*이 웬 말이냐
인간들 저들끼리 에이즈 옮기거늘
너네들 그 잘난 책에 '인역人疫'이라 썼더냐

갈수록 태산이라 근거 없는 허위날조!
동그란 예쁜 눈을 샐쭉하게 그리더니
길고도 멋진 꼬리도 '쥐꼬리'라 헐뜯구나

제 집이 없는 짐승 세상천지 어디 있는지
안분지족安分知足 몸에 배인 우리네 단칸방을
허다한 구멍 다 두고 '쥐구멍'이라 비웃는다

그래, 한번 따져보자 쥐구멍 없는 세상
겉으로 멀쩡한 자, 숨긴 악행 들통날 때
인간들 구겨진 체면 어디 숨어 피할 테냐

오늘도 또 내일도 힘겨운 세상살이
행여나 대박 터져 쥐구멍에 볕이 들까
두어 장 복권 사들고 애타는 이 한둘이냐

---

43 서역: 페스트

자지 말고 더 들어라! '쥐뿔도 모른다'는 말
실상은 뿔 아니고 수컷의 양물陽物인즉[44]*
쥐 좆도 모르는 인간이 아는 체 하는도다

조물주 천지 창조 제각각 뜻있는 바
그 뜻을 못 살릴까 성철 스님 하신 말씀
'산은 산, 물은 물'이라고 억지소리 질타했지

끝없는 하소연에 잠자기는 영- 글러서
신새벽 강언덕에 오척 단신短身 올라보니
강물엔 산이 들앉아 그림자만 흐르누나

---

44 민담에 전승되는 '쥐뿔'의 유래

서생원鼠生員님 전前 상서上書 12

— 낙동강.248

우리, 이러지 말고 다시 한번 생각하자
조물造物의 천지 창조 물물物物마다 뜻을 두어
유인唯人이 최귀最貴란 그 말 틀렸음을 나도 안다

갉아대고 쫓아가고 그 무슨 소용이랴
꼬리 잘려 상처받고 옷깃이나 더럽힐 뿐
너와 나 귀한 일생一生도 남은 삶이 몇 날이랴

허공에 둥둥 떴는 구름장을 보아라
때로는 엉겼다가 이내 곧 풀리는 뜻
우리네 짧은 한생이 뜬구름 아니더냐

앞들에 흘러가는 강물을 또 보아라
파도는 파도대로 잔물결은 물결대로
부딪쳐 솟구치다가 유유한 게 장강長江이라

쥐구멍에 볕 들려면 마당에서 살아야지
제각각 본성대로 전원 넓게 터를 잡고
가까운 이웃이 되어 멀찌감치 보며 살자

무심코 부딪히면 서로 간 놀랄 테니

이따금 궁금하면 기별하고 찾아와서

눈인사 가볍게 던져 안부라도 전하자

꽃 피는 봄날부터 꽁꽁 언 겨울까지

내 즐겨 먹은 음식 터앝에 남길 테니

내 눈치 살피지 말고 마음 놓고 즐기거라

북망北邙으로 사라지는 천하의 영웅이나

풀섶으로 사라지는 티끌 같은 미물微物이나

한 세상 공수래공수거空手來空手去요 100년도 수유須臾인 것을……

네 이놈, 토충土蟲[45] 1

— 낙동강.306

으악! 지, 지, 지네! 파리채! 에프킬라!
온몸 오그라들고 머리는 혼비백산
앞강도 파랗게 질려 물비늘이 곤두선다

누가 너를 두고 벌레라 이름하리
곤충도 아닌 것이 금수禽獸도 아닌 것이
한집서 마주치기엔 너무너무 끔직한 짐승!

검붉은 철갑껍질 마디마디 겹쳐 입고
관운장 언월도偃月刀를 어금니로 곧추세운
바이오(BIO) 첨단 시대의 살아 있는 청동제품靑銅製品

고금古今의 전쟁 갑옷 실밥을 다 뒤지고
만고萬古의 철갑동물 관절까지 다 살펴도
너처럼 이음새까지 쇠로 된 놈 못 봤니라

---

45 토충土蟲: 지네

독하고 무섭기야 전갈도 그렇지만
그나마 그 녀석은 새우인 듯 가재인 듯
우리네 먹거리 닮아 눈에라도 익었느니

먹거리 나온 김에 한 말씀 더 보태자
사람들 별난 식성食性 전갈인들 예외랴만
네놈들 튀겨 먹는 자 세상에는 없더니라

이 세상 떠도는 소문 거짓 아님 과장인데
소문보다 흉한 너도 조물造物의 솜씨라니
그 뜻을 알 수 없괘라 어찌 이리 만들었을꼬

네 이놈, 토충土蟲 2

— 낙동강.307

서산에 해가 지고 대숲에 새 깃들면
서낙동강 카누 젓듯 남해 바다 거북선 뜨듯
수많은 노를 저어서 출렁이며 오는 짐승

저다지 촘촘한 발은 어찌 다 움직일꼬
어지러운 걸음에도 엉기지 않는 비법
초정밀 자동제어칩自動制御(Chip)이 네 머리에 박힌 거냐

우리네 인간들은 기껏 두 발 달고서도
길 하나 바로 걷기 이다지 어려워서
흙탕에 나뒹군 영웅 어디 한둘이러냐

한세상 걷는 길은 형형색색 가시덤불
뾰족한 돌부리며 깊이 모를 웅덩이며
가슴 속 비운 유혹도 그냥 넘기 어렵느니

생각이 둔한 이는 되는대로 살아가고
머리만 영리한 자, 발길이 따로 걷고
가슴이 영악한 놈은 말≡도 발足도 따로 기고……

무념無念이 순리順理라던 노자老子 어른 말씀대로

바람 불면 부는 대로 물결치면 치는 대로

구름에 달 가듯[46] 걷는 행운유수行雲流水 보법步法인가

한 순간 생각만도 끔직한 네놈 두고

내 족적足跡 생각하며 두 발 훑어보다

이 하루 무위無爲로 앉아 긴 사색에 잠기노라

---

46 박목월 시 〈나그네〉 일부

네 이놈, 토충土蟲 3

— 낙동강.308

김해벌 강변 야산 왕대숲 욱은 마을
마디마디 대나무가 지네로 변신하여
밤이면 거룻배 저어 방안으로 납신다

너, 무슨 뜻을 품어 집안으로 들오느냐
축축한 땅을 뒤져 지렁이나 먹는 놈이
식성이 같기를 하냐 잠자리가 같으냐

사공이 너무 많으면 배가 산으로 간다더니
너도 나도 모두 잘나 전문가 넘치는 세상
네 발도 사공이 많아 뒤죽박죽 되었느냐

때는 바야흐로 초첨단 전자시대
고전적古典的 네 수학數學이 전자파 장애를 받아
헷갈린 정밀회로精密回路가 제 갈 길을 놓쳤느냐

어쩌면 모르겠다 네 보법步法이 엉긴 까닭
요즘같이 바쁜 세상 기계처럼 도는 인생
노자老子의 무위자연無爲自然은 이빨 빠진 톱니일지……

네 이놈, 토충土蟲 4

— 낙동강.309

강마을 뒷마당에 댓잎 한 장 일렁인다
으스름 달빛 아래 천족千足 지네 배舟를 저어
동굴 속 어둠을 끌고 세상 밖을 출타시다

스스로 어둠 되어 햇빛을 등진 뜻은
두꺼운 철갑옷에 속살이 뜨겁더냐
흉측한 네 생김새가 빛을 보기 민망터냐

만고의 역사 속에 요즘같이 좋은 빛깔
형형색색 삼라만상 호화찬란 부귀영화
황홀한 세상살이를 어둠 속에 보려느냐

흉물스런 네깟놈도 〈님의 침묵〉 읽었더냐
눈앞에 보이는 건 모두가 다 허상虛像이라
스스로 그림자[47] 되어 더듬이를 세우느냐

---

47 그림자: 만해의 시집 〈님의 침묵〉 서문 내용을 원용함

자나깨나 폼생폼사Form生Form死 우리네 인간이사
눈으로 그려보고 손으로 만져보아
속이야 썩고 비어도 겉멋으로 빛나거늘……

하긴, 그럴 테지 색色이란 허망해서
밤에 본 그 모습이 만상萬象의 본질이라
한밤중 공空으로 보는 네놈 뜻도 옳으려니

영웅의 생명이든 미물의 목숨이든
한 세상 사는 길이 생노병사生老病死 한 길이라
색色으로 겉치장한들 무한영광無限榮光 이어지랴

얼굴에 색칠하고 이마에 별을 달고
옷깃의 금배지며 수첩 속 금빛 명함
눈 감고 생각해보면 부질없는 무지개라

치 떨리는 불청객을 강둑 너머 내던지고
낙동강 강바람을 허위허위 거닐면서
이 한밤 가로등 저쪽 빛으로 된 세상을 본다

네 이놈, 토충土蟲 5

— 낙동강.310

정말, 재주도 용타 어떻게 들어올꼬
방충망 이중창에 숨구멍도 막았는데
출몰이 변화무쌍하니 저놈이 007이냐

곤고困苦한 하루 일과 세상 모른 잠을 자다
손등에 스쳐 가는 스믈스믈 기는 감촉
화들짝, 뿌리치는 밤 '출— 렁'하는 긴 느낌!

세월은 영락없어 변소 출입 잦은 나이
밤마다 마루에서 화들짝! 발을 드니
내 지금 이 늦은 나이, 발레 춤을 배울 때냐

무심코 걸레를 쥐면 네놈이 끼어 있어
신발을 신을 때는 속창을 뒤지는데
풀잎이 어른거려도 화들짝! 다리를 턴다

걸레나 신발이야 또 그렇다 치더라도
압력밥솥 손잡이가 어디 네놈 구멍이냐
마누라 혼절시켜서 홀아비를 만들테냐

너, 정히 괴롭혀서 내, 집을 팔아버리면
요즘 같은 맑은 세상 나 같은 주인 있어
낡은 집 잡초 마당을 그냥 둘 것 같으냐

불도저로 밀고 당겨 네놈들 땅에 묻고
최신식 자재들로 철옹성 집을 지어
기발한 방범 장치로 어김없이 다 잡을 거다

전깃줄 울타리 넘다 프르르번쩍 타서 죽고
현관문 빼꼼 열면 세콤(Secome)이 미융- 미융
운 좋게 들어온 놈도 CCTV에 다 걸릴 터

서낙동강 굽이지는 김해벌 동산 자락
꽃 피고 새도 울고 풀숲에 벌레 노는
대숲 속 고요한 집을 들썩이게 하지 마라!

네 이놈, 토충土蟲 6

— 낙동강.311

오뉴월 긴긴 해를 조선한량朝鮮閑良 유람 간다
어슬렁 출렁출렁 8자 걸음 걸으면서
온몸이 뼈대로 굳은 양반어른 행차시다

수많은 발을 저어 더듬이 슬슬 흔들면서
방안을 이리저리 산천경계山川境界 구경하다
들켰다! 눈치챈 순간 잽싸게 튀는 동작

길을 막고 물어봐라 너 좋다는 사람 있는지
이 세상 별난 세상, 별의별 애완용愛玩用 중
네놈을 키우는 사람 단 한 명만 데려와 봐라

모양만 무섭다면 난들 왜 치를 떨랴
네놈 독이 워낙 독해 쌓아 논 숱한 것들
먹는 약, 바르는 약에 감자, 부황, 닭똥오줌……48

---

48 지네 물린 데 좋다는 민간 치료법들.

네놈들 씨를 말릴 닭이라도 키우련만
비좁은 마당어귀 어디다 닭장 짓고
어느 뉘 이 바쁜 세상 삼시세때 모이 주랴

강마을 풍광 좋아 온갖 이웃 어울린 집
독하디 독한 약을 집 주위에 뿌린다면
죄 없는 개구리 하며 개미, 여치 몰살할 터

자식들 훌쩍 떠난 텅 빈 시골 마당
풀섶에 어울리는 이들마저 없어지면
달 밝은 외로운 밤에 어느 뉘가 벗할꼬

네 이놈, 토충土蟲 7

— 낙동강.312

생각만도 소름 돋고 마주치면 섬뜩하고
한 주먹도 안 되지만 주먹으론 절대 못 쳐
너 한 놈 때려잡을 일도 적지 아니 난감한 일

빗자루로 메어친들 겹겹이 갑옷이요
다리를 분지르자니 어느 다리 겨냥하며
발톱을 뽑으려 한들 하세월何歲月에 끝을 보랴

토막을 내자 하나 애초부터 토막진 놈
헷갈리는 마디에다 어설피 동강내면
제각각 개체분열個體分裂하여 떼거리로 달려든다

자연시간 배운 공부 곤충의 신체구조
〈머리, 가슴, 배〉로 익힌 철없는 초등생도
생물은 3등분 하면 '죽-는-다'고 하였니라[49]

---

49 '곤충을 3등분하면?=() () ()'이라는 초등학교 자연 시험문제에서 어떤 학생이 '(죽) (는) (다)'고 썼다고 함. 정답은 '(머리) (가슴) (배)'

두들겨도 못 잡고 토막 내면 더 날뛸 놈
조물造物의 삼긴[50] 대로 집게로 곱게 집어
저놈들 제일 싫어하는 햇볕에다 내다널자

강언덕 양지볕에 훌쩍 던져두면
소슬한 강바람이 마디마디 스며들어
몽롱한 한나절이면 저도 몰래 송장 될 터

더듬이, 눈알, 이빨 숱한 다리 다 살리고
발톱 하나 안 다치게 빳빳하게 염殮을 하여
만고萬古의 흉물전람회에 일등상을 받게 하자

---

50 '만들다, 생기다'의 옛말

네 이놈, 토충土蟲 8

— 낙동강.313

어- 화 어화넘차 꽃상여 나가신다
늘어진 몸뚱이에 오색실 단단 묶어
흉악범 목을 걸었다, 처마끝의 풍장風葬이라

이승의 인연을 접어 긴 몸 편히 뻗고
대롱대롱 매달려서 지난날을 돌아보면
한 세상 맺고 또 끊은 숱한 사연 생각날 터

하늘이 네 만든 뜻 어찌 다 알랴마는
만물이 넉넉한 계절 여름에만 기어나와
으스름 달빛 마루에 소름 돋게 하던 중생衆生

스치는 바람이며 몸에 닿는 햇살 아래
가을 겨울 보내면서 네 한 생生을 돌아봐라
오가는 숱한 물생物生들 사는 모습 어떠하냐

사계절 사는 일이 달력에만 있겠느냐
허허한 강변 들판 씽- 하고 부는 바람
우리네 돌아길 길을 미리 보는 것 아니더냐

풍장 후 긴 세월에 무엇이 남을는지
바람에 흔들리는 부질없는 물길에는
청명清名도 유유하지만 오명汚名 또한 흐르더라

네 이놈, 토충土蟲 9

— 낙동강.314

너, 토충 아니더냐? 약재상藥材商엔 웬 일이냐?
살아 흉물이던 너가 죽어 인술仁術 베푸니
조물造物의 속 깊은 뜻이 여기에 있었구나

그대, 오공蜈蚣⁵¹ 선생 그 한 몸 다 바쳐서
날 궂어 쑤시는 몸, 허리 아파 누운 사람
뼈 속에 편작이 되어 깊은 시름 더는구나

천지 삼기실⁵² 제 명물名物만 삼겼으리
흉물 있어 명물 있고 부귀빈천도 얽혔으니
사는 건 한 줄기 강물 한데 섞여 흐르는 것

그래, 그랬었지 흙에서 청자 났지
돌 다듬어 부처 되고 개똥도 약이 되듯
하찮은 미물微物이라도 제 소용은 다 있느니

---

51 오공: 한방韓方의 말린 지네, 허리병에 좋음
52 삼기다: 옛말, 만들다

살아 있는 널 만나면 온몸에 쥐내리고

죽은 너를 만나는 건 내 허리 고장일 터

토충土蟲도 오공蜈蚣선생도 연緣을 맺기 난감하다

우연히 스친 옷깃도 천만겁千萬劫 인연이라

만나고 헤어짐이 필연이라 하더라만

한 생애 피하고 싶은 그런 연緣도 있는 것을……

뱀 1

― 낙동강.315

으잉, 웬 새끼줄? 으악! 배배배- 뱀!

한가한 휴일 아침, 무심無心한 마당 어귀

발 앞에 한 줄 긴 끈이 죽은 듯이 살아 있다

엉성한 머리칼이 안테나로 쭈뼛 서서

앵앵앵 적색경보 발길질을 하려는데

아뿔싸, 슬리퍼로다! 급제동을 밟는다

얼핏 스쳐봐도 알록달록 꽃뱀이다

산골에 사는 놈이 김해벌에 어찌왔나

홍수에 떠내려 왔나, 소문 듣고 찾아왔나

강마을 동산자락 잡초 욱은 우리 집은

밤이면 온갖 물생物生 달빛 아래 합창이라

개구리 노니는 첩보諜報 네놈 용케 훔쳤구나

대숲 속 족제비는 무얼 하고 있었느냐

주지육림酒池肉林 풍진 세상 냉전시대 종식이라

주적主敵도 천적天敵도 없이 평화공존 태평이냐

멍청한 저 멍멍개는 보초서다 졸았느냐
발 없이 기는 뱀이 소리야 있으랴만
냄새도 못 맡는 코로 경계근무 가당하냐

강마을 청락헌聽洛軒이 흉물들 민박집이냐
두 발 텃새, 네 발 짐승, 여섯 다리 곤충이야
철 따라 음악회 열어 내 어울려 즐겼느니

천장 갉는 쥐란 놈이 귀찮게는 하지마는
생각만도 끔찍한 놈 천족千足 지네, 무족無足 꽃뱀
흉측한 저 물생物生들을 누가 불러 들였더냐

뻥- 뚫린 방공망防空網에 초동제압初動制壓 실패에다
최신식 장비는커녕 막대 하나 없는 마당
저 뱀을 못 잡는다면 이 집에서 어찌 살리

허둥대는 내 발 밑의 저놈 거동 한번 보소
내가 저를 겁내는 줄 뻔- 히 꿰뚫는 듯
긴 몸을 스르르 풀고 하품 한 번 늘어졌다

비무장非武裝한 날 놀리듯 헛바닥 낼- 름 하곤
꽃물결 느릿느릿 뱀 기듯이 사라지고
돌담엔 온몸 징그러운 긴 구멍만 남았다

뱀 2

— 낙동강.316

진정 모를레라, 저놈의 참 모습을
징그런 몸뚱아리 치떨리는 흉물이나
긴 역사 곳곳마다엔 신성神聖으로 섬겼으니

꿈틀, 생각만도 소름 돋는 너를 두고
저주의 상징 너머 숭배는 또 웬 말인고
온몸을 부르르 떨며 네 형상을 살펴본다

험난한 세상살이 CCTV로 감시하려
절대로 감지 않는 눈알 두개 박아놓고
최첨단 주요 부품은 몸통 속에 숨겼구나

귓구멍도 막아버린 매끈한 머리통에
음흉한 안테나는 입속에다 내장하고
어드메 콧구멍 있나 뿔과 털은 왜 없는고

가기는 간다마는 무엇으로 기는 건지
소리 없는 네 이동에 다리 흔적 묘연하니
두둥실 자기부상열차磁氣浮上列車도 네 기술을 본떴것다

안으로 옥은 이빨, 걸리면 꼼짝 못해

쩍 벌린 아가리의 턱뼈를 빼는 솜씨

로봇의 분리합체分離合體도 네 특허特許를 훔쳤구나

바퀴 달린 자동차며 철로 위 KTX

물보라나 일으키는 쾌속선 꿈무니야

디지털(Digital) 네 기술 앞엔 낡고 낡은 아날로그(Analogue)

아하, 그렇구나 바이오(BIO) 첨단공학

초정밀 기기들은 몸속에 내장하고

유선형 날씬한 몸매 디자인(Design)도 완벽하다

생김새만 그러하리 더 기찬 건 걸음걸이

낙동강 흐름법을 제 몸에 접맥시켜

S자 굽이진 이동, 수륙양용水陸兩用 보법이라

흉측한 네놈에게 저주詛呪, 외경畏敬 품은 것은

인간들 잠재능력 네놈 혼자 다 갖추어

부러움, 미움이 엉긴 양가감정兩價感情 심리로다

뱀 3

— 낙동강.317

샛강 변 바위틈에 짜리몽땅 뱀 한 마리
곤히 자는 놈을 꼬챙이로 살살 치니
'귀찮게, 건들지 마라!' 뒤척이곤 다시 잔다

이런, 간 큰 놈이! 몸통을 꾹꾹 찌르자
똬리를 반쯤 풀어 머리를 쳐드는데
아뿔싸, 독사 대가리! 오금 먼저 저려온다

삼각형 대갈통에 〈나, 독사!〉 딱, 새기고
빤히 쳐다보다 혓바닥 쏙, 내밀며
'어쩔래?' 당당한 몸짓! 도대체가 겁이 없다

통통한 몸매에다 두어 뼘 남짓한 놈
암갈색 무늬들이 비단결로 흐르더니
성가신 아침이라며 중얼중얼 몸을 푼다

작은 고추가 더 맵다고 속담에 이르더니
쬐끄만 게 독毒 있다고 보이는 게 없는 거동!
징그런 몸뚱이 보며 내가 약이 살 오른다

시골 생활 수십 년에 저런 놈 처음 본다
노루든 산돼지든 지레 놀라 제놈 튀고
나보다 몇 배 큰 덩치 황소까지 몰았거늘

하기사 저놈 맹독 이 강 자락 최강자라
개犬들도 부잣집 개는 팔자걸음 걷는다니
느긋한 몸동작에도 어느 놈이 대적하랴

돈이든 권력이든 손아귀에 쥐었다면
애탕개탕 아등바등, 눈치 볼 일 뭐 있으리
폼 잡고 실눈만 뜨도 제 알아서 기는 세상……

뱀 4

— 낙동강.318

휘- 이, 물렀거라 배암 나리 행차시다
소리 소문, 진동도 없는 무한궤도無限軌道 몸짓으로
구름에 강물 흐르듯 뱀 스르르 납신다

금수禽獸도 아닌 것이 어류魚類도 아닌 것이
꺾어진 막대 같은, 토막 난 새끼 같은
외가닥 미끈한 흉물 이동법이 괴이하다

다리도 지느러미도 날개도 바이 없이
물이면 뱃길 열고 뭍이면 철길 열고
나무에 오를라치면 나선螺旋으로 소용돌고

물길 뭍길 가는 짐승 어디 한둘이랴
아무리 새겨봐도 도무지 가당찮은
어랏차, 떴다 보아라! 고공낙하도 선보인다

변칙적 행동으로 상식을 뭉갠 저놈
골 싸맨 학자들의 분류법分類法은 있겠지만
실인즉 육해공군陸海空軍의 분리합체 동물이라

돌부리든 구덩이든, 또 천길 절벽이든
천하를 주유周遊하는 한량들 긴 옷고름
유유한 저 팔자걸음! 경이로운 저 여유!

인간들 사는 길은 분초分秒를 다투는 일
순간의 장애물들 암초, 벼락, 돌부리에
화들짝! 급정거에도 침몰, 추락, 전복이라

쇠가죽 신발끈을 단단 묶은 대낮에도
넘어지고 자빠지고 우지끈! 부러져도
비명悲鳴은 꼴깍 삼킨 채 표정 관리 먼저인 삶

제 한 몸 사는 것도 골첩첩 버거운데
자식 걱정, 살림 걱정, 온 세상 떼衆 걱정에
긴 한숨 깊은 수심에 짧은 밤을 설치느니

세상은 불공평해 팔자 좋은 사람도 있어
물길 뭍길 공중길을 땅 짚고 헨다지만
평생에 한두 번쯤은 무너질 일 생기거늘

길게 늘인 배암이사 무너질 일 없으려니
징그럽게 만든 흉물 조물주도 미안해서
완벽한 세상 적응법을 저놈에게 주었나 보다

뱀 5

— 낙동강.319

양지바른 강언덕에 저놈 저, 동작 보게
유연柔軟한 몸뚱이가 붓으로 변신터니
몸으로 서각書刻을 하듯 온갖 글자 다 새긴다

뱀이 학문 있다는 말 얼토당토 않겠지만
저놈들 척추뼈는 회전回轉 나사螺絲 공법인지
일거수一擧手 또 일투족一投足이 영락없는 글자로다

문맹율文盲率 영 퍼센트(0%) 한글이사 워낙 쉬워
방향만 슬쩍 틀면ㄱ, ㄴ, ㄷ, ㄹ
뾰족한 ㅂ, ㅅ도 궁서체宮書體로 쓰는구나

세상은 글로벌global시대 영어는 기본이라
꼬부랑 필기체筆記體는 제 타고난 몸짓이요
인쇄체印刷體 MNPQ도 이텔릭체로 휘어진다

기왕에 하는 공부 한자漢字 없이 학문하리
그냥 기면 한일一이요 돌아가면 새을乙이요
아차차! 되돌아가면 기근자 쓴 후 활궁弓이라

속도가 성공인 세상, 이놈이 내달리면
일필휘지 종횡무진 초서체草書體로 휘갈겨서
내로라! 유식자有識者들도 글자 몰라 난감쿠나

온몸에 배인 공부 잠잔다고 책 놓으랴
실사糸로 감았다가 똬리 틀어 원圓을 쓰고
꿈속에 승천昇天하는지 용자龍字로도 꿈틀댄다

주제에 언감생심焉敢生心 용龍 될 생각 아예 마라
부귀빈천 없는 세상 법 앞에 평등이나
네 등에 찍힌 낙인烙印은 단 한시도 잊지 마라

네놈이 용꿈 꾸면 발기발기 까발려서
저놈 근본 배암— 배암 개천에서 태어난 놈!
온 세상 손가락질로 네 성공을 헐뜯으리

출세를 할라치면 인물, 가문 좋아야지
개천가 흉물 너는 이무기도 못 되느니
운運 좋게 용 났다 해도 아— 나 곶감53, 영웅 대접!

---

53 아- 나 곶감: 경상도에서 '김칫국 마시지 말라'는 뜻

비운悲運의 뱀 한 마리 강물을 건너가니
세월에 굽이진 뱀 천삼백리 낙동강도
온몸에 강바람 불러 초서체로 일렁인다

뱀 6

― 낙동강.320

뱀딸기 붉게 익는 돌담장 수풀 사이
어둠에서 흘러나온 허연 껍질 마른 강이
먼동빛 붉게 적시며 샛바람에 반짝인다

온몸에 두른 허물 남몰래 벗어 놓고
매끈하게 차려입은 어둠의 긴 뿌리는
문어발 촉수觸手를 뻗쳐 어느 물길 맴돌까

흉물들 세상살이 세탁 솜씨 기발하여
돈 세탁, 학력 세탁, 얼굴, 이름, 국적 세탁
환생還生한 완벽한 모습 거침없는 저 몸놀림!

어디, 요즘 세상 완전범죄 가당터냐
세탁기 틈에 스민 저놈들 DNA는
청문회 단 한 방에도 낱낱샅샅 까발린다

탈세, 투기, 사기, 협잡 종합회사 들통나고
벼룩 간肝 긁어모은 금고金庫도 탄로나고
귀하신 신의 아들딸 제조과정 폭로된다

한 세상 사는 길에 엇길 어찌 없으랴만
한 점 허물로도 부끄러운 우리네들
양심은 송곳이 되어 속살 콕콕 찌르거늘……

기어이 명품名品이라고 낼름대는 저 꼴 보소
새빨간 혓바닥이 마이크 선을 타고
전파로 흐르는 강에 황톳물로 섞여드네

뱀 7

— 낙동강.321

저놈, 뱀대가리! 구멍으로 들어간다
헛바닥 길게 뽑아 바위를 쓱- 핥으며
잡초들 욱은 사이로 돌담 깊이 빨려든다

풀잎 곧추선다. 돌부리 긴장한다
잎사귀 파르르 떨고 붉은 씨방 부푼다
닫혔던 꽃봉오리가 속잎 열어 마중한다

땅속 나무뿌리 알몸으로 엉겨든다
용틀임 시작된다. 바람소리 거칠다
지축地軸이 흔들리면서 겹겹 지층地層 갈라진다

지하수 솟아난다. 자갈 소리 들린다
빗줄기 쏟아지고 앞강이 꿈틀댄다
나무들 부르르 떨며 아랫도리 쭉 뻗친다

새들 숨죽인다. 정적 깊어진다
가지들 늘어지고 엉긴 뱀 몸을 풀면
꽃잎 진 씨방 깊숙이 푸른 강이 꿈틀인다

뱀 8

— 낙동강.322

뱀에 기겁도 하고 뱀도 때려잡으면서
뱀 같은 강줄기에 평생 붙어살다 보니
에덴의 뱀 이야기도 이제야 좀 알 것 같다

저놈 대가리의 원초적原初的 생김하며
은밀히 몸을 꼬는 촉촉한 유혹하며
달콤한 입술에 배인 붉은 맛도 알 것 같다

전설을 잃어버린 선남선녀善男善女 후예들이
속옷에 가리어진 낙원 찾는 사연이란
뱀으로 엉겨 흐르는 강의 향연饗宴 아닐러냐

별빛 총총 내린 밤을 실바람에 살랑대다
산자락 굽어 돌 때 속살 슬쩍 맞닿으면
옆구리 은근히 찔러 한 굽이로 엉기고

칼로 물을 베다 앵돌아 누운 날도
싸늘한 물줄기를 긴 밤 내내 다독거려
꽁꽁 언 이부자리를 출렁이게 만든다

향연은 엄숙하지만 뱀이 지닌 맹독도 있어
제 한 몸 다 던져서 주야장천 엉기다 보면
육신이 물속에 녹아 황톳물로 넘치느니

시윗물 흐르는 것은 준엄한 강의 심판
호색好色의 욕정欲情으로 폭풍우 몰아치면
홍수로 굽이치면서 강둑마저 무너지리

뱀이 가르쳐준 선악과善惡果 깊은 의미
강은 길이요 진리요 생명이라[54]
낙원을 얻고 잃음이 강의 향연에 있나 보다

---

54 성경 구절 원용.

뱀 9

— 낙동강.323

역시 뱀이란 놈은 느낌만도 섬뜩한지
무덤덤한 담장 틈에 으스스한 낌새 있어
혹시나? 눈여겨보다 딱, 마주친 뱀 대가리!

침착, 진정, 흥분 말고! 스스로 다독이며
저놈들 출몰 이후 곳곳 세운 막대 찾아
대갈통 꾸- 욱 눌렀으니 너는 이제 죽은 목숨

젖 먹던 힘을 다해 아둥바둥 누르는데
온몸을 비비틀며 막대를 감는 괴력怪力
어둠을 휘감는 힘이 무한궤도無限軌道로 조여온다

허벅지 휘어감는 개여울 물살 같은
썰물에 빨려드는 샛강물 조류潮流 같은
강둑에 태풍 불던 날 등 떼미는 바람 같은……

저놈과 한판승부 인간이 유리한데도
눈앞에 맞닥뜨리면 오금 먼저 저렸으나
이번엔 승리의 예감! 요리법이 즐겁구나

살아있는 비아그라 네놈이 특효라니
장작불 무쇠솥에 와글바글 뱀탕 끓여
오늘은 참, 오랜만에 밤에 힘 좀 써 볼까

막대를 칭칭 감은 이대로 들고 가서
시뻘건 장작불에 곱슬곱슬 구워 먹으면
고소한 입내도 좋아 임도 보고 뽕도 딸까

삼각형 대갈통에 열십자 칼금 그어
껍질을 꽉 잡고서 홀라당 벗긴 후에
속살을 회膾 쳐 먹고는 알몸 사냥 나가볼까

온몸 오그라드는 힘겨루기 끝나는지
팽팽한 허연 배에 바람이 빠질 무렵
막대기 묵직한 끝의 천근 쇠가 떨어진다

물결무늬 긴 몸통이 허물허물 늘어지자
온몸이 땀에 절인 내 다리도 접질리고
늦가을 하류下流를 기는 샛강물도 풀어졌다

뱀 10

― 낙동강.324

보개산 산등성에 짙붉은 노을 지면
사계절 변신하며 함께 흐른 낙동강이
제 몸을 발갛게 풀어 새끼 뱀을 낳는다

길가에 늘어서서 왕방울눈 부릅뜬 놈
붉은 반점 깜빡이며 일렬로 달리는 놈
층층이 또아리를 틀어 고층으로 앉은 놈

어둠이 짙을수록 빛이 더 빛나는 세상
몸통에서 튕겨 나온 꽃뱀의 비늘들이
스스로 반짝이 되어 온갖 춤도 선보인다

긴 몸 휘어지며 꼬리 슬슬 흔드는 춤
양팔을 곤추세워 허공을 찌르는 춤
바닥에 나뒹굴면서 막무가내 날뛰는 춤

두 주먹 불끈 쥐고 눈 부라려 다투는 춤
빌딩과 빌딩 사이를 외줄 타고 건너는 춤
오로지 일등을 향해 전속력으로 내닫는 춤

춤추지 않고서는 살아날 수 없는 세상
의자에서, 바닥에서, 고공에서, 지하에서
사람은 꽃뱀이 되어 생목숨을 내건다

뱀 11

― 낙동강.325

싫어서, 저놈 싫어 징그런 뱀 싫어서
김해공항 비행기로 공중에 도망을 가니
또 한 놈 거대한 뱀이 몸을 틀며 일어선다

햇살에 반짝이는 바람물결 비늘 세워
한반도 산과 들에 용틀임 후리치며
낙동강 천삼백 리가 뱀이 되어 따라온다

태백산 깊은 골에 꼬리를 적셔놓고
구미龜尾 찍고 남지 밟고 삼랑진 휘돌아서
길고 긴 몸뚱아리로 산과 들을 감고 온다

형님 이쪽 아우 저쪽, 서낙동강 휘어지니
구포龜浦 너머 강서江西 들野은 저놈 머리 되어
눈알로 단단히 박힌 칠점산七点山과 덕도산德島山

제 무슨 용龍이라고 여의주如意珠 굴리는 듯
을숙도를 입에 물고 아가리 쫙- 벌리자
하구河口의 모래섬들이 혀가 되어 널름대고

남해 바다 물길에는 파고波高도 높게 일어

호시탐탐 기웃대는 외적들 노려보며

가덕도 용뿔로 세워 한반도를 막아섰다

아침 저녁 은빛 금빛, 밤에는 달빛 별빛

봄 여름 가을 겨울 화사花蛇 흑사黑蛇 독사毒蛇 백사白蛇

때맞춰 변신을 하며 굽이굽이 흐르는 강

강마을 감돌아서 옹기종기 알을 품고

물머리 치켜들고 바다로 가는 저놈

남해와 백두대간의 생명줄을 잇는구나

그래, 그랬구나 저 강이 뱀이구나

도랑이든 개천이든 샛강이든 대하大河이든

사람은 뱀 옆구리에 꽃花이 되어 사는구나

제5부

사는 게 시들한 날은
강으로 나가보자
(제3집)

2008. 세종출판사

애완견愛玩犬 사설辭說 1

― 낙동강.256

한겨울 TV뉴스에 소牛가 웃을 기사 하나[55]
일평생 빈둥대며 놀기만 하는 놈들
네놈을 학대하는 자 엄청 벌금 때린단다

푸줏간 소를 두고 학대라 하랴마는
핏줄 연줄 다 버리고 돈줄만 찾는 세상
인심人心이 학대판이라 뿌리 뽑을 심산일 터

순박한 백의민족白衣民族 못 배운 게 죄가 되어
조선 팔도 개 이름들 모두 다 독구dog[56]일 땐
토종은 방범防犯 보신용保身用의 양수겸장 축생畜生이라

상전벽해 세월 속에 시절도 묘妙― 해져서
할일 많은 선각자들 각종 견공犬公 품고 오니
별의별 명품名品들 속에 순종 잡종 섞였것다

---

55 2007년 1월 초순, 동물학대 금지 법률에 관한 뉴스.

56 해방과 6.25를 거치며 미군들이 〈dog〉라고 하는 것을 그대로 따라한 이름.

긴 세월 짧은 기간 치장법도 뒤바뀌어
가축이 가족 되어 온갖 호사 누리다가
죽어선 꽃상여 타고 공원으로 가는 세상

오뉴월 개팔자가 삼동三冬에도 늘어지니
강물도 기가 차는지 옆구리를 쥐고 웃다
김해벌 평평한 들에 S자로 휘어졌다

애완견愛玩犬 사설辭說 2

— 낙동강.257

자고로 개란 놈은 위풍이 당당해야
담장을 맴돌면서 도둑을 잡겠지만
고층高層의 '이e-편한 세상'[57] 무슨 도둑 있으리

방범은 자동이요 식용은 야만이라
핵가족 바쁜 식구 이왕지사 텅 빈 집
공허한 TV 소리에 꽃으로 핀 애완견들

생쥐 같은 치와와, 백설공주 말티스
깜직한 스피츠, 납작코 뚱보 퍼그
콩알 개 요크셔테리어가 꽃잎으로 뒹군다

녀석들 재주 많아 소파에서 깡총대고
무릎 아래 재롱으로 심심찮게 웃음 뿌려
강둑길 산들바람의 산책길도 함께 했다

---

57 모 건설회사의 아파트 상호 'e-편한 세상'에서 따옴

요상한 그 생김새 처음 본 시골 할매

요모조모 살피다가 뜻을 몰라 물었것다

그 짐승 토끼요? 고양이요? 뭐라 카는 물건이요?

애완견愛玩犬 사설辭說 3

— 낙동강.258

널 처음 만났을 때 황당한 그 몰골이란!
무슨 놈의 강아지가 참외만 한 몸집에다[58]
머리엔 웬 리본이며 엉덩이는 또 그게 뭐냐

긴 꼬리 인사법은 낡아빠진 버전(Version)인지
길게 늘인 은빛 털에 노루꼬리 달랑 달고
이름도 이상야릇해 혓바닥이 꼬인다

그래도 명품名品이라 대소변도 가린대서
살아 있는 인형 삼아 집에다 들였더니
뜻밖에 붙임성 좋아 심심풀이 되는구나

TV나 보고 앉은 허허한 방에서나
혼자서 휘휘 걷는 샛강변 산책길에
발 아래 종종거리는 몸짓들이 귀여워라

---

58 요크셔테리어

만남도 모임도 많아 늘상 부대껴도
사람과 사람 사이 마음 주기 힘든 세상
속마음 허전한 이들 정붙이기 좋은 동물

텅 빈 집 하릴없어 쓸쓸한 노인이나
엄마 아빠 살기 바빠 혼자 노는 아이들도
네 녀석 아니었더면 어느 누가 말벗 되랴

애완견愛玩犬 사설辭說 4

— 낙동강.259

개라면 본래부터 죽고 못 사는 나 자신도
강아지 품에 안고 길 가는 사람 보면
눈꼴이 영- 사나워서 고개 슬쩍 돌렸지

타고난 내 성격이 애들을 좋아하지만
자식을 품에 안고 손주만큼 이랬더면
팔불출八不出 수괴首魁가 되어 눈총께나 받았겠지

세월이 사람 맘을 변하게 하나보다
재롱만 흩어 놓고 훌쩍 떠난 손주 생각
무릎에 애견을 얹고 그 흔적을 더듬는다

곳곳에 널려 있는 웃음꽃을 쓸어담아
열 달 된 내 손주와 십 년 된 네놈 두고
어차피 심심한 하루, 비교연구 분석하자

눈앞에 보이는 건 무조건 입에 넣기
먹고 자고 먹고 놀다 배고프면 징징 짜기
두목과 떨어지는 때 불안심리 서로 같다

출근인지 마실인지 눈치코치 때려잡기
똥오줌 가리기는 네놈이 훨씬 낫고
먹거리 탐하는 것은 네놈 극성 가당찮다

먹느냐 못 먹느냐 흑백사고 빈 머리에
직립直立하는 자립의지 전혀 없는 네놈이야
평생을 코 킁킁대며 바닥이나 핥을밖에

내 손주 하는 행동 네놈이 흉내내랴
과학적 탐구심에 리모콘도 눌러보고
화장대 휘저어 놓고 새 설계를 꿈꾸느니

아직은 네놈 뒤를 엉금엉금 기지마는
머리 찧고 일어서는 칠전팔기七顚八起 도전정신
두 손이 자유 얻는 날 네놈 끌고 달리리라

사람 같은 개를 얻어 십 년을 키웠다면
앞강에 낚시할 때 미끼도 집어주고
곁에서 빈둥대면서 내 노후老朽도 보살필 터

이건 뭐, 허구헌날 나 없으면 쫄쫄 굶고
목욕도 대소변도 나 아니면 공해公害 뭉치
평생을 내 수발 받는 네놈 팔자 상팔자로다

애완견愛玩犬 사설辭說 5

― 낙동강.260

저 방송 들어봐라 네놈들 살판났지?
애 하나 키우려면 등골이 다 빠져서
자식에 골병드느니 강아지나 기른단다

잘 나가는 명품들, 늬들 팔자 쫙- 풀렸제?
출산은 조조익선早早益善 숫자는 다다익선多多益善
줄줄이 낳고 낳아도 돈 된다고 환영이라

선진 사회先進社會 주인님들 아낌없이 돈을 던져
임신, 육아, 교육, 진료, 의식주도 자동 해결
평생을 공짜로 노는 네놈들은 신나겠다

요람에서 무덤까지 완벽한 보장이라
강아지 새끼마저 병원에서 낳는 시대
네놈들 수술비용이 사람보다 비싸다며?

기왕에 쩰 배라면 갑자을축甲子乙丑 육갑 짚어
운명도 짜맞추어 귀하게 낳는다니
늬들도 운수대통하는 그런 길일吉日 잡아 줄까?

'둘도 많다' 홍보하던 산아제한 성공에다
자식은 돈 구덩이 한평생 족쇄 뭉치라
어린이 전문병원엔 파리채나 판다누만

어째 좀 어이없지만 이런 풍경 떠오른다
학교는 애견愛犬 센터(Center) 상점은 도그마켓(Dog-market)
개들이 사람 데리고 산책하는 강둑길!

애완견愛玩犬 사설辭說 6

— 낙동강.261

으잉! 이게 뭐냐 먹다 흘린 과자조각?
애견을 분양받아 방에 들인 초보시절
방석에 뒹굴고 있던 검정콩알 한 덩이

낯선 덩어리를 이리 저리 살피다가
온 식구 탐정 되어 돋보기 수사를 하니
어구야, 저놈 엉덩이의 말라 떨어진 똥이렸다

바싹 마른 덩어리를 궁글리며 놀던 애들
개똥으로 판명되자 으악! 질겁을 하고
제풀에 강아지도 놀라 납작하게 엎드린다

네놈 잔재롱에 웃음꽃 좀 피운다고
개똥밭에 굴러도 이승이 낫다는 속담
온 집에 똥칠갑을 하며 실증實證으로 보이느냐

아무리 그렇지만 개똥이랑 어찌 살랴
저놈을 어찌 할꼬 엉덩이 노려보며
별의별 궁리를 해도 뾰족한 수가 없다

어느 뉘 할 일 없어 애견愛犬 비데(Bidet) 만들거며
휴지를 던져준들 개발에 대갈[59]일 터
스타일 다 구기지만 엉덩털을 깎을밖에

인간이 참 묘하다, 그런 생각 드는 것은
똥 치우고 털 자르는 동고동락 세월 속에
한 집에 뒹굴다 보니 덤덤해진 녀석의 똥

강아지랑 살다보면 어디 똥뿐이랴
개털 날고 오줌 밟고 퀴퀴한 냄새 나도
귀여운 네놈이 있어 웃음꽃 피는 거실

개똥밭에 굴러도 이승이 낫다는 말
조상님 깊은 지혜가 이 경우도 닿는 건지
애견과 함께 구르며 희희낙락 즐겁구나

그래, 그렇구나 지린내도 정이 들 듯
맑은 물 흙탕물이 섞여 도는 강물처럼
세상사 삼투압滲透壓으로 한데 엉겨 흐르누나

---

59 개발에 대갈: 속담, 아무런 쓸모가 없는 물건

애완견愛玩犬 사설辭說 7

— 낙동강.262

심심한 TV 앞에 책을 읽고 기댔는데
옆에서 모로 누워 내 발등을 긁던 녀석
제놈이 더 심심한지 같이 놀자 보챈다

귀찮다! 밀쳐내면 엉덩일 쏙, 디밀고
꼴에 또 암컷이라 콧소리로 칭얼대다
끝내는 발랑 뒤집어 책장 앞에 끼어든다

네놈이 떠는 재롱 심심찮아 고맙지만
내, 오늘 낚시 접고 독서삼매 빠진 이 책
몸 바쳐 주인님 살린 토종개들 얘기니라

호랑이 털만 봐도 생똥을 쌌다는 소문
순전한 헛소문을 네놈은 웃겠지만
뒷다리 물고 늘어져 주인을 살렸느니

어디, 그뿐이랴 산불을 끈 얘기며

눈보라 속 주인 얘기, 물에 빠진 아들 얘기

비석에 새긴 사연들[60] 어찌 낱낱 다 읊으랴

네놈은 주인 위해 어떤 일을 하겠느냐

이 여름 입맛 떨어진 허약한 날 위해서

명품名品에 어울릴만한 무슨 대책 세웠느냐

엉성한 그 다리로 개헤엄이나 치는 놈이

샛강에 처박히면 제 살기도 급한 터라

그 흔한 붕어 한 마리도 잡을 리는 만무한 일

스스로 된장 발라 가마솥에 앉을 테냐

개장수를 불러들여 돈으로 바꿀 테냐

뒷산에 푸드득 나는 꿩 사냥을 해 올 테냐

가소로운 네 생김이 사냥을 하랴 보신補身이 되랴

먹이만 탐을 내어 아양이나 떠는 세상

명품들 석삼년 둔들 개꼬리가 황모 되랴

---

60 전북 임실군 오수리, 경남 산청군 가술리 등 전국 곳곳에 충견의 비석, 무덤 등이 있음.

애완견愛玩犬 사설辭說 8

― 낙동강.263

무료한 여름 한낮 감자를 삶았는데
녀석도 옆에 붙어 좀 달라고 보채길래
'설사해!' 야단을 치니 슬그머니 나간다

앗차! 수상해서 마루에 가봤더니
이미 오줌을 싸고 발라당 뒤집어졌다
이놈이 나이 들더니 용심까지 늘었구나

네 이놈 망할 개야, 네가 나를 닯는거냐[61]*
걸레로 닦으면서 헛고함을 질러대니
온몸을 비비꼬면서 뱃가죽을 디민다

콩알만한 개를 잡고 실랑이를 벌이는데
때마침 개장수가 트럭을 몰고 오네
그렇지, 저 스피커 소리 개장수 말 들어보자

---

61 닯다: 경상 방언, 상대하여 대적하다.

주인 말 안 듣는 개, 밥도 잘 안 먹는 개
음식은 가리면서 똥오줌 못 가리는 개
일일이 다 옳은 말씀 네놈 두고 한 말이라

개 주인 화나는 일 어찌 저리 잘 아는고
큰 개나 작은 개나 개란 놈은 다 산다며
덩치가 쬐끄만 놈도 헐값에 팔라는구나

어떤 이는 너 귀여워 산채로 좋다하고
어떤 이는 너 맛있어 죽은 걸 좋아하니
드높은 인기를 믿고 겁도 없이 날뛰느냐

이담엔 시장 가면 영악한 네놈 미워
뼈 없는 먹거리들 문어 낙지 잔뜩 살 터[62]
다시는 저 앞강물에 붕어낚시 하나 봐라

---

62 속담 '개 미워서 낙지 산다'를 원용함

애완견愛玩犬 사설辭說 9

― 낙동강.264

저놈 퀴퀴한 냄새, 내가 더는 못 참아서
'예삐! 목욕하자' 욕실에서 부르면
10여 년 길들인 놈도 투덜대며 들어온다

너 무슨 군소리냐, 난들 좋아 이러느냐!
사람이든 짐승이든 제 맘대로 어이 살랴
더불어 산다는 것은 싫은 것도 해야느니

더운 물 쏴- 쏴 틀고 샴푸 벅- 벅 문지르면
비누가 좋은 건지 놈 천성이 더러운 건지
시꺼먼 땟물 투성이 털걸레 빨래로다

더러운 땟국 보니 내 어릴 적 생각난다
용케 숨긴 손발의 때, 설빔 덕에 들통나서[63]
설맞이 목욕하느라 쇠죽솥에 갇혔느니

---

63 60년대 시골의 설빔은 주로 양말이었다.

겨우내 흙장난에 부르튼 때를 보며
야단 반 놀림 반의 어른들 돌림핀잔
온 동네 까마귀들이 '할배'[64]라고 절하겠네!

퉁퉁 불린 묵은 때를 돌맹이로 박박 밀어
아프다 소리치면 등짝에 불이 난다
이놈아 이 더러운 꼴로 설을 쇠려 하였느냐!

싫다고 짜는 소리, 더 밀자는 야단 소리
영문을 모르는 소는 쇠죽을 먹다 말고
꽁꽁 언 강바람 당겨 콧김을 훅- 뿜어내고……

문도 없는 휑한 부엌 칼바람도 견뎠는데
따뜻한 욕실에서 털만 슬슬 문질러도
이놈이 호강에 넘쳐 앵앵깽깽 엄살이다

---

64 할배: 경상도 사투리, 할아버지

애완견愛玩犬 사설辭說 10

― 낙동강.265

강아지 목욕 때는 나도 교관이 된다
차렷, 뒤로 돌앗! 이놈아, 엉덩이 들고!
한사코 주저앉는 놈을 장난삼아 호통친다

십수년 묵은 솜씨 노하우(Know-how)도 상당하여
눈 코 귀, 구멍은 죄다 비누거품 막아주며
엉덩이 가려웁다고 똥구멍도 꼭, 짜준다

콩알만 한 강아지라 빙글빙글 돌리다 보면
대야에 떨어뜨려 비눗물도 한 잔 꼴깍!
한순간 숨이 멈추다 으앵으앵! 엄살이다

두 번 넘게 샴푸를 풀면 녀석 인내도 한계상황
싫다고 앙앙대면 내 일갈―喝도 단호하다
야, 임마! 같이 살려면 이 정도는 참아야지

우악스레 씻긴다고 날더러 원망 마라
한창 때 미역이야 저 앞강도 헤었지만
힘없는 이 팔다리로 정성들일 군번이냐

맑은 물 끼얹어서 땟국을 쪽- 빼고나면
그 몰골 영락없이 물에 건진 새앙쥐
한바탕 부르르 털면 그제서야 개꼴이다

솔직히 말을 하면 나도 내 꼴 우습도다
양로원 목욕 봉사 한 번도 안 해봤고
부모님 살아생전에 발도 한 번 안 씻겼네

자식놈 목욕 때도 한두 번 거들다가
물통에 빠뜨린 후 아내한테 쫓겨난 터
내 솜씨 늘어난 것도 이 또한 다 네 복이라

애완견愛玩犬 사설辭說 11

― 낙동강.266

'차렷, 고개 들고!' 기선부터 제압해 놓고
뒤엉긴 털뭉치를 가위로 쓱쓱 자르면
이놈이 털 간지러워 사지를 배배 꼰다

엉긴 털을 깎으면서 내가 늘 궁금한 것은
눈, 귀, 입 다 가리고 똥구멍도 가리는 털
네놈이 야생野生일 때는 이 털뭉치를 어쨌을꼬

이놈아 바로 서라! 잘못하단 네 살 벤다!
네놈이야 살 베여도 아프면 그만이지만
나는 또 미안한 맘에 네 간호가 예삿일이냐

대충 깎는 가위질에 징징 짜며 불평 마라
예민한 네 귀에다 바리깡 윙윙윙 돌려
양처럼 홀랑 깎으면 알맹이만 남을 터

앙상한 그 몰골이 생각만도 같잖지만
이 겨울 맨가죽으로 동태凍太로 지낼테냐
멀쩡한 털 잘라내고 밍크코트를 입히랴

내 어릴 적 이발소는 네놈보다 더했느니
이따금 찾아오던 떠돌이 이발사가
이 빠진 바리깡으로 반은 뜯고 뽑았느니

강언덕 양지받이에 동네 애들 다 모이고
볏짚 두어단 동여 픽- 하니 걸터앉아
때 묻은 허연 광목천을 목에 대충 둘렀지

뜯기는 아픔보다 간지럼 참지 못해
목덜미 움츠리다 혼나면서 깎였지만
빡빡이 몽돌머리도 우리끼리 좋았느니

먹거리만 찾는 놈이 거울을 볼 리 없고
내 곁에서 늙는 놈이 선 볼 일도 없으리니
모양이 듬성듬성해도 얹혀살기 딱이로다[65]

아무렴 이 세상이 드러내기 유행이라
그게 개꼴이냐고 남이사 뭐라든 말든
우리 둘 맘이 맞으면 그게 행복 아니랴

---

65 딱이다: 안성맞춤의 뜻을 지닌 시속어時俗語

애완견愛玩犬 사설辭說 12

— 낙동강.267

앗, 따거! 깨갱 앵앵. 이놈이 또 엄살이다
털뭉치 엉긴 놈의 목욕 후 빗질이라
온몸이 따가운 것은 당연하지 이놈아!

참외만한 이 덩치가 까치집 투성이네
강마을 떼까치들 네 등에 다 모여서
일요일 아침답부터 손님 온다 기별이냐

예쁘고 깔끔한 게 네놈들 치장이나
게으른 주인 덕에 드물게 하는 단장
한달에 많아야 한 번, 이 얼마나 다행이냐

나이께나 먹은 놈이 윈 털이 이리 짙어
아홉 솥 열두 방의 시집살이 그 시절에[66]
제 풀에 혼자 놀던 딸 쑥대머리 그 꼴이다

---

66 〈시집살이 노래〉에서 활용함.

네놈 10년이면 사람 나이 고희古稀도 넘어
우리는 이쯤 되면 백발이 문제이랴
몇 가닥 엉성히 남아 빗을 것도 없느니라

사람들 사는 세상 네놈 눈엔 부러워도
다사다난 인간사에 고달픈 사연 많아
머리털 다 빠지도록 신경 쓸 일 한둘이리

내 머리 쳐다봐라 정수리가 텅 비었지?
빗살도 휘어지던 사진 속의 더벅머리
네놈들 객식구客食口 탓에 갈대蘆 없는 갯벌 됐네

머리 쓸 일 없는 놈이 디룩디룩 살만 찌워
까치집 달고 살아 떼까치를 닮았는지
엉긴 털 슬슬 빗어도 깍- 깍- 깍 울어댄다

애완견愛玩犬 사설辭說 13

— 낙동강.269

공짜로 입양해 온 나이 든 명품 한 놈[67]*
눈치가 빠른 건지 지조가 없는 건지
먹이를 내밀자 말자 꼬리치고 안겨든다

똥개든 진돗개든 조선의 개들이란
일편단심 민들레야[68] 지조 하나 불변이라
천리길 내다 팔려도 주인 찾아 왔느니

말 못하는 짐승이라 물어보진 못하지만
멀고 먼 낯선 길을 허기진 배를 안고
피맺힌 단심丹心 하나로 헤맨 고통 그 얼마랴

김해벌 좁은 땅도 곳곳이 샛강이요
강 하나 잘못 타면 첩첩산골 미로迷路인데
삼천 리 이 험한 땅을 어찌 돌아왔을꼬

---

67 코커스패니얼
68 조용필이 부른 대중가요 가사

사무친 충성심이 우연히 생겼으랴

밤낮을 그린 그림 매난국죽梅蘭菊竹 새긴 마음

목숨 건 선비정신은 아我 조선의 혼魂이렸다

넓고도 좁은 천지 순종 잡종 한데 섞여

이마 이마 가슴 가슴 각색 훈장 별을 달고

지조는 헌신짝 되어 흙탕강에 버린 세상

다듬고 향수 뿌린 족보族譜 있다 하는 것들

먹이만 갖다대면 몽당꼬리 흔드는 꼴

한 세상 명리名利를 좇아 몰려가는 군상을 본다

애완견愛玩犬 사설辭說 14

― 낙동강.270

애견을 들인 첫날 밥통을 안겼더니
멀쩡한 개犬 주제에 게蟹 눈깔을 달았는지
한 줄기 마파람 앞에 빈 밥통만 휑뎅그렁!

어쭈 이놈, 어쩌나 싶어 한 그릇 더 줬더니
아홉 거지 뱃속인지 또 '다다다' 먹어치워
대야에 왕창 부었더니 어리둥절한 표정이란!

매이기 싫어하는 네 주인님 성질이사
상전上典님 떠받들 듯 삼시세때 밥 못 주니
네놈이 조절해 가며 제 알아서 챙겨야지

짜식, 기특한 놈 눈치는 빤해 갖고
주인 한번 슬쩍 보고 옆의 개도 흘깃 본 후
단번에 식탐이 줄어 밥통 앞에 느긋하다

미용에다 간식에다 주지육림酒池肉林 호시절好時節을
물 한통 밥 한 대야에 등 따숩고 배부른지
두 놈이 노니는 모습 여유작작 제법이다

허긴, 낡은 집에 비좁은 마당이나
강마을 산기슭의 대숲 푸른 전원생활
대장부 살림살이가 이만하면 족하리니

본류에서 또 지류로 길목길목 얽힌 강은
속 깊은 물길 열어 마른 강에 밀어주고
샛강도 제 품을 헐어 온 들판을 적시거늘

욕심 많은 사람이사 아흔아홉 지니고도
달랑 한 개 남의 것도 제 일백 채우려고
핏줄도 숱한 인연도 등 돌리고 마는 세상

개보다 못한 인간 넘쳐나는 세상이라
개같이 돈 벌어서 정승같이 쓴다는 말
개들이 이 말 들으면 기가 막혀 웃겠다

애완견愛玩犬 사설辭說 15

― 낙동강.271

네놈도 새끼 때는 아파트에 살았다지
방에서 튕겨난 애견 한둘이 아니다만
인정이 시들었다고 세상살이 원망 마라

이렇게 큰 덩치에 네 장난이 보통이냐[69]
맨 처음 옛 주인도 네놈을 남 줄 때는
아마도 모르긴 해도 눈물께나 흘렸을 터

네놈 복이 많아 주인마다 정이 깊어
행여나 팔아치울까, 아니면 구박할까
새 주인 고를 때마다 인성검사 하였더라

안기던 옛 버릇을 아직도 못 버린 놈
눈길이 애처로워 끙― 하고 보듬으면
품속에 머리 처박고 눈을 스르르 감는다

---

69 코커스패니얼은 장난이 심함

옛정을 못 잊었던 첫 번째 너의 주인
바뀐 임자 묻고 물어 낯선 집을 찾았던 날
네놈이 으르렁거려 내가 외려 민망했지

먹이만 던져줄 뿐 털끝 한번 못 만져도
좋은 주인 만났다며 눈물 글썽이며
뒤돌아 또 돌아보며 아쉬움게 가더니라

그래, 네 생각도 틀린 것은 아닌즉슨
어차피 새로운 터전, 돌이키지 못할 바엔
만남도 이별도 아픈 정 주어서 무엇하리

세월이 흐른 후에 고향을 찾아봐야
뚫린 길 높은 건물, 낯선 사람 모여들어
아련한 그리움이야 부질없는 일이거늘……

맞바람 잘 날 없는 부평초 같은 세상
한 곳에 뿌리박아 사는 이 있겠느냐
어딘들 정만 붙이면 우리집이 아니려나

산도 물도 낯선 강변, 일고 잦는 물길에도
사는 건 함께 어울려 긴긴 강을 흐르는 것
내 한 몸 발 디딘 곳이 정든 고향 아니랴

애완견愛玩犬 사설辭說 16

― 낙동강.272

개를 안고 방으로 들면 밖의 개가 샘을 낸다
주인 한 번 훔쳐보고 안긴 개도 노려보다
현관에 다리를 들고 오줌을 찍! 갈긴다

꽃 같은 애완용에 나 또한 명품인데
겨울 강 칼바람에 밖에서 자는 신세
얄궂은 운명이어라 개떡 같은 내 팔자야

노력 끝 성공담이 없는 건 아니지만
어디서 태어나느냐, 누구에게 안기느냐
잘 살고 못 사는 것은 이미 정해진 팔자소관

뼈 빠지게 일해 봐야 집 한 칸 힘든 세상
죽어서 보신탕 되는 개팔자도 많지마는
전생의 인연이 좋은 황재 개도 있더라

꽁꽁 언 앞강물도 봄 되면 다 풀리고
눈보라 속 마른 가지 오뉴월엔 푸르른데
단 한 번 잘못된 연줄 이다지도 끈질기랴

하늘이 공평탄 말 도덕책의 뜬말이요

법 앞에 평등탄 말 사회책의 헛말이라

차라리 로또(Lotto)나 사서 견생犬生 역전 꿈을 꿀까

애완견愛玩犬 사설辭說 17

— 낙동강.273

우리 마을 뒷등 너머 샛강 변 강둑길은
집 나온 강아지들 소개팅 별천지라
집 안에 갇힌 놈들이 늘상 귀를 세운다

S라인(Line) 쭉쭉빵빵 삼삼한 섹시(Sexy)족族들
곳곳이 주점酒店이요, 구멍구멍 까페(Cafe) 천지
잡견雜犬들 삼삼오오 모여 부킹(Booking) 짝을 기다리고

한 번쯤 가본 놈은 잊지 못할 그 재미에
못 가본 착한 놈은 본능적 호기심에
언제쯤 기회가 올까 전전긍긍 애가 탄다

기회를 노리는 놈들 스타일(Style)도 각색이라
복종이 몸에 밴 놈 제 뜻대로 날뛰는 놈
잔머리 돌돌 굴리는 기회주의 개도 있다

평소 때 행동이야 평범한 애견이나
마음이 흔들리는 결정적인 유혹 하나
대문을 열어젖히면 놈들 성격 드러난다

순진한 복종형은 주인 명령 기다리고
분명한 대쪽형은 열자마자 냅다 튀고
표리表裏가 부동不同한 놈은 안 나갈 듯 딴청이다

겉과 속이 다른 놈은 머리도 영리하여
제 생각 숨겨놓고 눈알을 굴리는데
주인이 알까 모를까, 견시탐탐犬視耽耽 엿본다

우리집 저 녀석도 잔머리형 명견이라
땅바닥 쿵쿵대며 내 등 뒤를 어슬렁대다
안 본다! 생각이 들면 순식간에 들고 뛴다

밖으로 나가고 싶어 체면불구 냅다 튀면
그 순간 화나지만 얄밉지는 아니할 터
주인을 속이는 탓에 내가 약이 더 오른다

짐승이면 짐승답게 언행言行이 솔직해야지
DNA가 그런 건지, 듣고 본 게 그런 건지
개들도 사람 앞에서 사람처럼 못돼 간다

애완견愛玩犬 사설辭說 18

— 낙동강.274

놔둬라, 찾지 마라 대문이나 꼭꼭 닫자
개가 주인 찾지 주인이 개 찾으랴
예보다 더 좋은 데 있음 거기 가서 살라고 해!

엉성한 시골 담장 맘먹으면 구멍이라
마당에 살던 놈이 또 집을 나갔다니
걱정도 많은 안주인 여린 마음 다잡는다

만남도 죄로 얽힌 애끓는 사연 많아
'탈출잠입'[70] 저놈의 죄 헐겁게 다뤘더니
삑— 하면 뚫고 나가서 온 집안을 휑하게 한다

제놈이 어딜 가랴, 보나마나 그곳일 터
배꼽티 암컷들의 달맞이꽃 향香에 홀려
바람 풍風! 강둑길에서 뭇 수놈과 섞였겠지

---

70 국가보안법 용어.

온갖 병법 선을 뵈는 바람둥이 각축장에
반 토막 짧은 다리 덩치야 좀 작아도
아이큐(IQ) 높은 놈이라 골목대장 소문났지

주인을 잘 둔 덕에 목줄 없는 팔자에다
하루에 두 번 끼니 그것도 내 귀찮아
큰 대야 그득한 밥에 제 알아서 먹는 밥통

피둥피둥 살이 찌고 윤기 자르르한 털에
혼자는 외롭다고 친구까지 끼웠으니
제놈이 호강하는 줄 스스로도 잘 아는 터

저놈들 사랑놀음 길어봐야 3박 4일
캥- 한 눈자위에 후들후들 다리 떨려
코끝에 잠깐 스쳐간 짧은 유혹 긴 후회뿐

그렇지, 가출家出이란 들어올 때가 더 멋쩍어
버쩍 마른 콧잔등에 제풀에 민망한 녀석
두 어깨 축 늘어뜨려 대문 앞에 쭈그리겠지

애완견愛玩犬 사설辭說 19

― 낙동강.275

어라, 이놈 봐라? 무단가출 닷새째라
슬며시 걱정 되어 강변 산책 핑계 삼아
김해벌 너른 들판을 자전거로 쑤셔본다

강마을 마당마당 봇도랑 속속들이
검정비닐 뭉치들이 어찌 그리 많고 많은지
새까만 네놈 모습이 온 들판에 어른댄다

퇴근 때는 일부러 옆동네로 차를 몰고
동네 사람 스치면서 은근히 물어보아
'버꾸'란 시꺼먼 개를 알 사람은 다 알고

어디서 무얼 할까 소식은 왜 없는지
이 잡념 저 걱정의 방정맞은 온갖 생각
못 오는 '경우의 수數'71를 차례차례 더듬는다

---

71 경우의 수: 순열 조합에서 일어날 수 있는 모든 상황.

멋쟁이 신부 만나 데릴사위 되었을까
맘씨 좋은 주인 만나 새 터전을 잡았을까
생각도 섬뜩하지만 개장수가 엮었을까[72]

볼거리도 많은 세상 먹거리도 좋은 세상
호시절 역마살 도져 이리저리 떠돌까
소유가 곧 번뇌라고 모든 연緣을 끊었을까

밥은 얻어먹는지, 비는 또 피하는지
방의 개와 차별한 일, 밉다고 발로 찬 일
이 걱정 저 후회들이 부질없이 떠오르고

드는 정은 몰라도 나는 정은 안다더니
엉성한 대살문을 빼꼼히 열어두고
한밤중 바스락 소리에 방문턱만 닳는다

---

72 엮다: '훔치다'의 시속어.

애완견愛玩犬 사설辭說 20

— 낙동강.276

왔구나, 우리 버꾸! 네놈이 돌아왔구나!
이게 얼마 만이냐! 나를 잊지 않았구나!
세상에, 고마울 데가! 네가 살아 있었다니!

암컷들 망사속옷 강둑길에 어른거려
코끝의 향내 따라 집 나간 지 하마 석달
강마을 우리 인연을 끊을 수가 없었구나

코카인지 스파니엘인지 수입종 명견이나
이 땅에 태어나서 내 품에 자랐으니
아俄 조선朝鮮 군은 그 충절忠節 국물이라도 튕겼을 터

한눈에 얼핏 봐도 신수 좋아 보이구나
내 집만큼 좋은 곳이 어딘가 또 있었다니
인심이 좋아진 세상 이 얼마나 다행이냐

어디 한번 살펴보자 어화둥둥 번쩍 안아
밥상 앞의 심봉사가 밥반찬 더듬듯이
이놈을 가슴에 품고 구석구석 만져 본다

보들보들 머리털엔 갓 말린 샴푸 냄새
코끝이 촉촉하고 오동통한 팔뚝에다
뱃가죽 늘은 것 보니 잘 살기는 했나 보다

목덜미 갸름하고 가슴은 몽실몽실
펑퍼진 엉덩이에 꼬리 흔적 여전하고
운동도 적당히 했나, 아랫도리 미끈하다

곳곳이 보신탕집 골목골목 개장수들
험난한 이 세상에 참말로 행운이다
다시는 나가지 마라, 늘상 운이 따라주랴

아무렴 기특한 것, 두 팔로 꽉 안으니
한밤중 곤히 자던 마누라 비명 소리
아이구, 가슴 답답해! 잠 좀 자자, 제발 좀!

애완견愛玩犬 사설辭說 21

— 낙동강.277

운전을 하다보면 모두가 다 개새긴지
앞차에 화가 나서 '개새끼'라 중얼대니
아내는 개가 듣는다고 웃음 섞인 핀잔이다

스스로 생각해도 내 품격이 하찮지만
남녀노소 상하귀천 모두 다 욕을 하니
긴 여행 길동무 삼아 인간 욕설 탐구하자

하고많은 욕설 중에 왜 하필 '개새끼'일까
순간에 화가 나서 내뱉는 말이지만
욕설도 그 나름대로 제 뜻이 있기 마련

말 안 듣는 소새끼에 미련둥이 곰 같은 놈
여우같이 교활한 년, 능구렁이 뱀 같은 놈
행동이 약아빠진 놈은 쥐새끼라 욕하것다

'개' 자를 쓰는 욕은 참으로 많고 많아
아이든 어른이든 '년놈'은 기본이고
내 차마 글로 못 옮길 쌍소리도 예사로다

혼해빠진 개 자 욕은 어쩌다 생겼을까
개라면 충절忠節이요 도둑놈 지킴이라
개 자로 욕을 붙여도 욕이 될 수 없잖은가

동물에 붙인 의미 인간들의 편견이나
유아독존唯我獨尊 오만함을 어차피 못 막으니
개들의 욕들을 짓을 낱낱샅샅 찾아보자

낯선 이 경계심은 사람보다 예민하나
그나마 개들은 제 자리만 지키느라
경계 밖 지나는 것은 멍멍 짖기만 하느니

개들도 배고프면 뺏어먹긴 하더라만
직업적 날강도란 듣도 보도 못했느니
밤길을 걷는 사람이 개 무서워 겁내느냐

화나면 물어뜯기 인정사정 없지마는
설마 사람보다 더할 리가 있겠느냐
개들이 떼로 편 가른 전쟁 역사 없었느니

꼬리를 내리기로 비굴함이 확실하나
어차피 못 이길 터 복종으로 따르지만
인간은 뒤돌아서서 배신 기회 노리더라

아무리 찾아봐도 욕할 일이 전혀 없어
국어학 사회학에 심리학을 접목하다
요상한 인간들 마음 근거 하나 찾았도다

외디푸스 콤플렉스 엘렉트라 콤플렉스
피맺힌 오누이의 달래고개 전설 같은[73]
성적性的인 갈등 본능葛藤本能이 개가 미운 원인이라

인간들 사는 일은 체면, 염치, 도덕이라
그중에 성性 본능은 천길 품 속 감추는데
핏줄도 노소도 없는 개 난교亂交가 그 탓이라

사람과 친한 짐승 개만한 게 또 없으니
늘상 곁에 두어 우호적 감정이나
딱 하나, 놈들 짓거리가 눈 뜨고는 못 보겠지

인간들 심층심리深層心理 표리表裏가 참 묘해서
개들의 노는 꼴에 무의식無意識이 작동하여
부러움 섞인 갈등(Complex)에 반어법적反語法的 욕이로다

---

73 오이디푸스 콤플렉스, 엘렉트라 콤플렉스, 달래고개 전설: 친족 이성 간의 성적 갈등.

애완견愛玩犬 사설辭說 22

― 낙동강.278

추적추적 비 내리는
낙동강 수변공원水邊公園

물기 젖은 가로등에
애견 찾는 낡은 전단

미어진 주인의 마음
거진 절반 찢겨나고……

멈춘 듯 흐르는 듯
울멍울멍 강자락을

잎잎이 힘에 겨운
빗방울 뚝, 뚝 달고

갈대도 그냥 그대로
고개 숙여 잠겨 있다

애완견愛玩犬 사설辭說 23

— 낙동강.279

풍파에 배를 잃은 도사공都沙工 걸음인 듯
명마名馬 죽여 태형 맞은 역졸놈 걸음인 듯
풀어진 다리를 끌고 흥부 같은 길을 간다[74]

흥부야 복도 있어 주걱밥이 생겼지만
사흘 낮 사흘 밤을 밥알 구경 못해본 듯
깡마른 입 언저리에 쓰레기만 매달렸다

세상사 어느 땐들 걸객乞客이 없겠으리
버렸는지 잃었는지 속사정 내 모르나
네 치장 얼핏 보아도 명품 애견名品愛犬 분명하다

강언덕 전봇대마다 허기로 킁킁대다
스치는 발자국에 게슴츠레 눈을 뜨곤
행여나 내 주인일까 힘든 고개 치켜든다

---

74 〈박타령〉의 일부를 원용함

저 꼬마를 그냥 두면 한 사흘 더 떠돌다
쑥 들어간 두 눈에다 그렁그렁 눈물 담고
갈대숲 구석진 곳에 저도 몰래 잠들 터

저놈을 잡으려고 몸 낮추어 불러봐도
꼴에 남이라고 손닿기가 어렵구나
늦가을 짓궂은 비에 나뭇잎은 다 지는데……

애완견愛玩犬 사설辭說 24

— 낙동강.280

애견을 앉혀놓고 뱃가죽을 더듬으면
손끝에 오돌도돌 알갱이가 만져진다
이 작은 젖꼭지들로 새끼들이 크는구나

팥알만 한 젖꼭지가 열 개나 달렸는데
자연분만 옛 생각에 한 놈만 건진 수술
한밤중 동동거리던 네 생일이 어제 같다

개들은 개끼리도 엉기는 건 질색인데
네 어미 그 많은 젖 독차지한 10년 세월
한 밥통 한 방석 놓고 함께 엉겨 살았느니라

네놈이 앵앵대면 못 이긴 척 양보하고
파고들면 품어주던 어질디 어진 어미
뒷산에 묻힌 그날을 기억이나 하느냐

무릎에 올라앉은 네놈을 어르다가
이 작은 젖꼭지도 어미의 젖이라고

열없게⁷⁵ 울적한 이 밤 어머니가 그립구나

어머니 젖꼭지를 이별한 지 50여년
일고 잦은 풍상 속에 기억도 흐릿해져
잊은 듯 살아가지만 잊힐 리야 있겠느냐

한세월 살다보면 기쁜 일만 있다더냐
하루해 걷는 길에 중僧도 속俗도 만나는 삶
남모른 깊은 속앓이 한두 개는 품었으리

나이 든 어른이라 멀쩡한 척 사는 것뿐
슬픈 일이 없겠느냐 아픈 일이 없겠느냐
더러는 억울한 일로 긴긴 밤도 지새느니

누가 나를 안아 무릎 위에 올려놓고
너처럼 어르면서 굴리고 쓰다듬어
가슴 속 숨긴 사연들 들어줄 이 없을까

아리고 슬픈 사연 낱낱이 일러바치면
'그래, 그랬구나' 내 등을 토닥이며
철부지 서러운 마음 달래줄 이 없을까

---

75 열없다: (나이에) 어울리지 않고 어색하다.

강마을 들녘에도 더러는 된바람 일어
뒤척이는 샛강 물의 잎잎이 떠는 물결
강 자락 넓은 가슴에 품어주는 물길 있어……

어릴 적 울 엄마를 다시 볼 수 있다면
포근한 치마폭에 얼굴을 푹 파묻고
한나절, 그렇게 안겨 그냥 엉엉 울고 싶다

애완견愛玩犬 사설辭說 25

― 낙동강.281

사는 게 버거운 날은 강으로 나가보자
물길에 일렁이는 열아흐레 둥근달이
편편片片이 저미는 강을 멍멍개야 너도 가자

꽃구름 먹구름이 일고 잦는 물길에도
강이사 무심한 것 그냥 저리 흐르는 것
가슴 속 겨운 사연들 강물 위에 던져보자

거친 바람언덕 비 오고 눈보라 쳐
홍수야 얼음이야 뒤엉긴 앙가슴에
말없이 흐르는 물도 조각조각 아픔이리

먼 강둑 나뭇가지 오종종 맺은 꽃도
스스로 솎아내며 가을을 당기는데
우리네 깃발들마다 열매 되어 반짝이랴

사람들 사는 길은 가슴 저며 뿌리는 일
강언덕 물길 따라 버거운 인생살이
한 생애 긴 퍼즐(Puzzle) 속에 꽃그림만 있겠느냐

물안개 자욱한 강 피고 진 계절 속에
꿈으로 익은 열매, 흉터로 아문 상처
인간사 기쁨 슬픔이 모다 꽃잎 아닐러냐

열아흐레 둥근달이 세세연년歲歲年年 떠 있으랴
초승달 넘어가자 동산 너머 오는 그믐
화무花無는 십일홍十日紅이요 달도 차면 기우는 것을

사는 게 버거운 날은 강으로 나가보자
물길에 일렁이는 열아흐레 둥근달이
꽃비로 쏟아지는 강을 멍멍개야 너도 가자

애완견愛玩犬 사설辭說 26

— 낙동강.282

낙동강 먼 상류쯤 소나기가 내리는지
먹구름 하늘가에 번갯불 번득이고
아득한 천둥소리가 여운으로 울린다

머나먼 섬광 따라 기억이 거슬러 가면
그렇지 그 멋쟁이, 내 생애 최초의 개
행동이 워낙 재빨라 '번개'라 이름했지

시오리 하굣길도, 동무집 마실 때도
김해벌 너른 들을 어느새 달렸는지
등 뒤에 느낌이 있어 돌아보면 와있고

초등학교 초여름에 너와 나 맺은 인연
보리이삭 주운 값을 부모님께 받아 산 놈
동네가 다 아는 〈내 것〉, 동무들이 부러워했지

손위도 많고 많은 충충시하 막내둥이라
윗사람 명령대로 낯선 집 몰고 갈 땐
소문난 멋쟁이 개라 빌려주는 줄 알았지

어둑한 헛간에서 개를 뺏은 아저씨가
목줄을 끌어당겨 서까래에 거는 순간
놀라서 되돌아설 때 '깽' 하던 비명소리……

앨범에 끼여 있는 멋쟁이 너의 모습
늠름한 어깨에다 다정히 내 손 얹어
이제야 자세히 보니 셰퍼드 혈통이네

먼 강둑 울며 걷던 남모르던 그 설움도
반백 년 세월 너머 한 도막 추억되어
빛바랜 사진을 보며 이런 글도 쓰는구나

애완견愛玩犬 사설辭說 27

— 낙동강.283

너, 지금 기분 어때? 특별한 느낌 없니?
나, 오늘 모임에서 보신탕집 갔었거든
때마침 중복中伏날이라 희희낙락 섞였지

보신탕 얘기라고 너무 섭섭해 마라
어릴 적 보아왔던 개고기 동네잔치
수백 년 음식문화에 나도 젖어 있는 거야

고기를 앞에 두고 네놈 생각 잠시 했지
우리들 기르는 개가 음식飮食이냐 애완哀愛이냐
크기와 외모에 따라 그 용도가 다르냐

그동안 나는 사실 개들을 구분했지
쬐끄만 재롱둥이 애완으로 생각하고
듬직한 육질견肉質犬들은 가축으로 여겼지

헌데, 오늘 문득 스친 '뿌리'의 영화 장면
평원의 흑인들을 노예로 끌고 오며
성경에 두 손을 얹어 기도하던 백인 선장……

그 장면서 짙게 느낀 무심한 인종차별
피부색 다르다고 동물로 취급했던
백인들 깊은 편견이 나에게도 있더구나

사람과 개 사이를 어떻게 정리할까
보편적 가축家畜일까 특수한 가족家族일까
개인적 기호에 따른 유동적 관계일까

보신탕 비난하며 치를 떠는 서양인도
핫도그(Hot dog) 문화 속에 개 이름 들었거늘
인권人權도 반려동물伴侶動物도 세월 따라 생겼느니

허긴, 짧은 샛강 한세상 흐른 물길
상류의 물줄기도 하류에선 섞여 가니
우리네 인간만사도 시절 따라 바뀌는 터

식용食用이 아니라고 창으로 찌르는 이
문화적 관습이라고 방패로 맞서는 이
가운데 어정쩡 서서 모두 옳다 하는 이

마주 선 창과 방패 뜨거운 공방 속에
버려진 애견들의 눈물도 많은 현실
이 모순矛盾 풀릴 세상도 어느 때쯤 오겠지

애완견愛玩犬 사설辭說 28

— 낙동강.284

걱정 많은 조물造物님네 천지만물 만드실 적
사람이든 동물이든 꼬리를 붙인 까닭
뒤엉긴 세상살이를 더불어 살란 뜻이렸다

복잡다단 세상사를 말로 함이 원칙이나
말이란 애매하여 직유 은유 상징에다
말 했네 아니, 못 들었네 온갖 분쟁 생기는 법

꼬리가 하는 일이 어디 한둘이리
얄팍한 입술보다 온몸으로 맘 전하고
기우뚱 넘어질 때면 몸 중심도 잡아주고

세우면 도전이요 감추면 항복이요
눕히면 전진이요 흔들면 호감好感이니
깃발로 전하는 몸짓 그 아니 분명하랴

꼬리를 치는 건 또 마음을 연다는 뜻
허리를 축으로 삼아 콧대 높이 딱 세우고
빵빵한 가슴 부풀려 엉덩이를 흔드누나

씰룩쌜룩 왼쪽 오른쪽 S자 춤을 추면
꼬리 숨긴 인간들은 유혹한다 헐뜯지만
암컷들 이 꼬리 앞에 성한 수컷 있었더냐

천고千古의 양귀비네 요염한 붉은 꼬리
금세기 몬로(Marilyn Monroe)양의 백치미 하얀 꼬리
오늘도 곁눈질하여 은근슬쩍 보는 꼬리……

어디 그뿐이랴 꼬리 만든 깊은 그 뜻
욕심에 눈 어두워 앞만 보고 달릴 때도
좌우로 균형을 잡는 방향타方向舵가 아니더냐

길다란 꼬리 대신 머리를 얻은 인간
짧은 꼬리 숨겨 놓아 밟힐 일 없으련만
추락한 시궁창 속의 망亡한 군상群像 얼마더냐

낙동강 천 리 길의 두둥실 조각배도
꼬리 같은 키 하나로 제 선창 찾아드니
꼬리가 꼬리다워야 길道을 따라 흐르느라

애완견愛玩犬 사설辭說 29

— 낙동강.285

저런! 몽당꼬리 네놈 꼴을 한번 봐라
무슨 놈의 강아지가 꼬리는 치지 않고
토막 난 빈 꼬리뼈만 씰룩씰룩 엇박자냐

아무렴, 동물이란 꼬리가 당당해야지
노루꼬리 쥐꼬리는 비웃음의 대상이니
멋쟁이 엉덩꼬리란 장장다다長長多多 익선益善이라

꼬리가 멋지기야 여우가 제일인데
백여우니 구미호九尾狐니 막무가내 헐뜯는 건
꼬리가 없는 인간들 질투 섞인 욕설일 뿐

꼬리가 꼬리라고 무시하기 십상이나
머리 허리 다리 꼬리 이 모두 '리'자 돌림
동물들 신체조직의 핵심 부품 아니러냐

낙동강 긴긴 강도 물머리 이끄는 데로
허리허리 굽이지며 마을을 감고 돌아
아련한 꼬리 한 가닥 유유히 흐르노니

허긴, 도둑놈 판 꼬리 밟힐 인간들 많아
몸통이 들킬까 봐 꼬리부터 자르는 세상
제 발이 저린 놈들이 네 꼬리도 잘랐나 보다

애완견愛玩犬 사설辭說 30

— 낙동강.286

개가 또 짖는구나 글월 문文자 어둠의 개
대명천지 금수강산 흙탕물로 뒤집어서
온 세상 개판 만들려 전단지傳單紙로 짖는구나

개란 모름지기 찌꺼기나 얻어먹고
빗물에 목욕하고 구석에 구겨 자도
온 세상 어둠을 짖는 지조 있는 지킴이[76]

이 집에 맺은 인연 그것만도 은혜 되어
순종 잡종, 양반 상놈 구분이 어덨으랴
바스락! 한 소리에도 번쩍, 귀를 세웠느니

산짐승 달려들면 텃밭에다 뼈를 묻고
도둑이 들어오면 절명시絶命詩로 호통쳐서
이 땅의 검은 발길들 혼비백산 쫓았거늘

---

76 윤동주의 〈또 다른 고향〉의 싯구를 활용

소용돌이 세월 속에 개성도 다양해져

보신용 방범용에 애완용이 등장하니

어둠을 몰고 다니는 흉물凶物 개도 생겼것다

이놈이 교활하여 술수術數의 명물이라

총칼 든 두목 앞엔 사군이충事君以忠 낮은포복

풀뿌리 주인에게는 거친 이빨 드러낸다

바이오(BIO) 첨단 시대 업그레이드(Upgrade) 능력도 있어

카멜레온 하이에나 DNA 이식하여

변신變身에 공격력 갖춘 카멜레나 되었구나

인심은 또 묘해서 이런 기회 노리는 자들

명품名品입네 콧대 세운 망나니 긁어모아

개 목줄 함께 얽고는 먹이사냥 나가신다

정치 경제 사회 문화, 광고까지 빨판 뻗쳐

몸통도 없는 글을 대서특필 제목 뽑아

문어발 네트워크(Network)로 방방곡곡 살포撒布라

꼴에 가방끈 길어 먹물께나 먹었다고

방房마다 액자 속에 '등불', '목탁' 걸어놓고

펜 끝엔 똥물을 묻혀 맑은 강을 휘젓는다

이제는 제 스스로 어둠의 제왕 되어

눈물 역사 조선의 강에 황토 시위 일으키며

흉물凶物이 명물名物로 사는 개 같잖은 개를 본다

애완견愛玩犬 사설辭說 31

— 낙동강.287

TV도 싱거워서 책을 펼친 휴일 한낮
졸음 섞인 활자들이 낱낱이 살아나서
강마을 고요한 방의 때아닌 말발굽소리

모음母音은 간데없이 자음子音만 굴러나와
다그닥 다다다다 먼지 같은 소음으로
서너평 좁은 내 방을 광야처럼 내달린다

예삐 너, 이리 와봐! 발톱을 봐야겠다
달랑 뒤집으니 그 사이 매구가 되어
C자로 자란 발톱에 S자도 더러 있네

이놈아, 이 지경이면 말을 해야 내가 알지
직장에 출근하고 틈내어 풀 뽑으며
너한테 쓰는 신경도 어디 한두 가지냐

밥이야 가득 주면 몇날 며칠 가지마는
목욕, 이발, 똥 치우기에 이부자리 갈아주기
온몸에 병치레 잦아 약 먹이랴 또 바르랴……

허구헌 날 방석 긁어 못쓰게 만들더니
늙은이 발톱이라 대롱같이 굵어져서
우리집 손톱깎이로 자를 수도 없구나

사람이든 짐승이든 나이 든 발톱이란
세상살이 헤쳐 나온 경험의 발가락에
세월의 더께가 얹혀 겹겹이 쌓이나 보다

어릴 적 울 아버지, 할배 같던 아버지의
막내둥이 칼로 깎던 나무껍질 그 발톱들
농부農夫네 따개비 껍질 억센 발톱 생각난다

그때의 아버지 나이 내 발톱도 그렇지 싶어
걸어온 발자취들 낱낱이 짚노라니
세월이 아직 엷으니 더 걸어라 나무란다

애완견愛玩犬 사설辭說 32

— 낙동강.288

저놈, 하품을 하니 입 안이 썰렁하네
발랑 뒤집어 놓고 입을 쫙 벌여 보니
어쩌나, 온 입안 가득 낡은 잇몸뿐이네

좁쌀 같이 붙어 있는 앞니만 서너 개뿐
어금니는 다 빠지고 한 개 남은 송곳니로
딱딱한 네 밥덩이를 우물우물 삼켰느냐

입을 짝짝 벌릴 때면 공해를 내뿜던 놈
어쩐지 입 냄새가 점점 옅어지더라니
10여 년 풍상이 삭아 할미개가 되었구나

금니를 박아주랴 임플란트 심어주랴
남은 이 마저 뽑고 틀니를 덮어주랴
밥알을 퉁퉁 불려서 반죽으로 대령하랴

나도 이제 나이 들어 찬물도 이 시리고
김치 한 닢 씹으려도 저들끼리 마주 아파
몇 년 더 세월이 가면 네놈처럼 되겠지

옛 어른 깊은 말씀 순망치한脣亡齒寒이라지만
추울 이齒도 없는 나이 그 세월에 다달으면
잇몸은 또 잇몸끼리 정 붙이며 산다더라

한여름 울울창창 물오른 나무들도
늦가을 찬 바람에 잎사귀 다 떠난 후
허허한 제 가지에다 빈 바람을 걸었느니

김해벌 너른 들에 굽이지는 저 물길도
넌출지고 소쿠라져[77] 반짝이던 방울 추억
한때의 영롱한 꿈은 다 떨치고 흐르누나

아무렴, 그렇겠지 사람이든 짐승이든
나이를 먹는 만큼 아쉬움도 버리는 법
한생이 변함없다면 곰삭을 줄 어찌 알리

---

77 〈유산가遊山歌〉의 일부를 인용.

애완견愛玩犬 사설辭說 33

— 낙동강.289

아내와 동부인하여 먼 길을 나설라치면
우리집 늙은 할매 콩알만 한 강아지가
귀 쫑긋, 눈알 휘둥그레 몸놀림이 가당찮다

잠시 떨어질 땐 그냥 서서 낑낑대다
먼 길을 갈라치면 무엇으로 감 잡는지
깍깍깍, 돌돌 구르며 문지방을 넘나든다

이젠, 나이 들어 길고 짧은 눈치도 생겨
헤어졌다 만나는 일, 알 만도 하건마는
두목과 분리불안심리分離不安心理는 예나 제나 한결같다

이런 버릇이야 내가 잣아 길들였지만
사정이 있는 날은 떼어놓기도 하였으니
빈집에 혼자 남은 날도 숱하게는 겪은 터

두고 가는 마음이야 언제나 짠- 하다만
처자식 피붙이도 떨어질 때 있는 법
한세상 허구헌 날을 같이 살 수만 있으랴

진드기 같은 놈을 억지로 떼어놓고
찌그덩 대문 열고 부르릉 시동 걸어
차 소리 멀어지는 때면 무엇을 생각할까

금세 잊고서는 고롱골골 잠이 들까
울다가 지치면서 바깥소리 더듬을까
끝없는 불안에 떨며 올 때까지 울음 울까

어쩌면 모르겠다, 같이 산 십 년 세월
산전수전山戰水戰 인생살이 낱낱이 다 익히곤
삶이란 고독이라고 턱을 괴고 누웠을지……

애완견愛玩犬 사설辭說 34

─ 낙동강.290

아야! 깨갱앵앵 온 삭신이 쑤시나 보다
비몽사몽간非夢似夢間에 내 발길소리 듣곤
제 나이 생각은 않고 벌떡 서다 넘어진다

그래, 그럴 테지 네 춘추春秋가 보통이냐
몸 따로 마음 따로 뼈마디가 왜각데각
마음만 언제나 청춘, 상노인上老人이 아니더냐

연세 연만하신 그 시절 울 엄마도
한번 일어서려면 몸풀기가 더디서서
아이고! 신음하시며 반나절을 굴리셨지

나이 들어 그러려니 한 이틀 살펴보니
먹고 싸고 날 보는 외엔 해종일 자는 놈이
어쩌다 몸부림칠 땐 저도 몰래 앓는다

엊그젠 날 찾다가 강언덕에 굴렀기에
자리 보존 걱정되어 구석구석 만져보니
웃다가 소스라치다 종잡을 수 없구나

아무리 늙은 개라 생명 있는 짐승인데
이대로 죽게 두면 미안하고 후회될 터
혹시나 고칠 수 있나 병원을 찾아간다

악착같이 따라다닌 자동차 여행마다
이동용 바구니에 코를 박고 자던 놈이
오늘은 흔들리는 차에 깽깽잉잉 괴롭구나

이러다 죽나 싶어 마음이 또 짠- 한데
놈과 나 번갈아 보던 젊디젊은 수의사가
늙은이 '밤새 안녕'이니 남은 생을 살피란다

애완견愛玩犬 사설辭說 35

— 낙동강.291

나도 갈래, 깨갱잉잉 같이 갈래, 앙앙깽깽
슬며시 일어서서 옷장 문만 여는데도
이놈이 눈치가 빨라 매구같이 알아챘다

선천적 능력이야 언감생심焉敢生心 있으랴만
경험으로 쌓은 지혜 늙은 쥐가 독을 뚫듯
10여 년 눈치코치가 입신入神의 경지구나

두목의 몸동작을 미세분석微細分析 입력하곤
마당 출입 신경 끄고 출근은 본 둥 만 둥
휴일날 움직일 때는 깨갱깍깍 소란이다

등산길에 낚시터에 남한팔도南韓八道 여행지를
우리들 발 닿는 곳 어디엔들 안 갔냐만
아무리 앵앵거려도 이번에는 안 되지

내 차도 두고 가는 한양 서울 먼먼 길을
네놈 몸도 아픈 터에 억지로 데려가다
낯설은 타관 땅에서 초상칠 일 바라느냐

엊그제 의사 선생 조심하라 일렀거늘

밤새 안녕 노인네라 만리타향 객사客死하면

네 어미 선산先山을 두고 쓰리기통에 갈 테냐

찻길에 궁글리면 삭신도 괴로웁고

똥오줌도 참고 가는 고달픈 먼 길보다

내 집이 으뜸이려니 마음 먼저 다잡거라

우아한 전원주택에 그릇그릇 밥 있겠다

코앞에 또 한 마리 마당에도 개 있겠다

일평생 혼자 산 터에 식솔食率 걱정 없겠다

새소리 개구리소리 화음和音으로 들으면서

팔베개 높이 하고 엉덩장단 두드리며

나 홀로 노니는 맛도 일편 재미 아니러냐

애완견愛玩犬 사설辭說 36

— 낙동강.292

할미개를 혼자 두고 먼 길 가는 날은
먹거리에 잠자리에 온 가지를 다 챙겨도
마음이 놓이질 않아 신신당부 또 당부다

날짜별 시간대별로 밥, 반찬 두었으니
이게 웬 떡이냐고 식탐으로 덤벙대다
음식들 뒤엎지 말고 차례대로 비우거라

신문지 몇 장 펼쳐 화장실도 널찍하니
대소변 마려울 땐 구석부터 쭈그리면
발바닥 안 더럽히고 깔끔하게 지내려니

혼자 노는 3박 4일 심심은 하겠지만
TV를 동무 삼아 희희낙락 뒹굴다가
장난감 뒤지다 보면 간식거리 숨겼니라

그나마 다행인 건 풍월風月 읊는 서당개라
시인詩人 집 더부살이 10여년 굴렀으니
시문詩文은 능히 못해도 숫자 하나 익힌 터

손닿는 머리맡에 전화기 두고 가니
심심한 줄다리기 쓸데없는 장난 말고
급한 일 생기는 즉시 119를 누르거라

요새 사기꾼들 별의별 짓을 하니
전화벨 울더라도 받으려 하지 말고
바깥에 인기척 나도 짖을 생각 말거라

간병인을 두고 가면 내 맘도 편하련만
보험도 수월찮고 복지福祉 아직 엉성하니
어쩌랴, 늙은이 혼자 더듬더듬 사는밖에

꽃잎 같은 재롱으로 귀를 세운 방범防犯으로
새끼 때나 어른 때나 바쁘게 산 너의 한생
애타게 살아온 삶을 어찌하면 대접하랴

청청靑靑한 우리 인생 유수流水 같은 세월 흘러
손발도 어눌하고 눈도 귀도 흐려질 날
머잖은 우리 모습을 너를 통해 미리 본다

애완견愛玩犬 사설辭說 37

― 낙동강.293

애견을 무릎에 얹고 시를 쓰고 있노라면
애들 떠난 빈자리를 강아지가 메운다며
기가 찬 묘한 표정의 질투 섞어 웃던 아내

강아지랑 살다 보면 슬픈 일도 더러 생겨
정든 놈 죽던 날은 전화로 울먹이더니
또다시 개 잃을 일이 생각만도 쓰리나 보다

밤새 안녕 할미개를 안쓰러워 쌓더니만
늙어버린 개 모습이 나에게도 비치는지
강아지 기르는 것도 이놈들로 끝내잔다

쓸쓸할 노후에는 애견만 한 벗이랴만
얽매임도 번거로운 우리 나이 이쯤 되면
만남도 아픈 이별도 추스르기 어려운 일

뒹구는 재롱으로, 궁글리는 그 재미로
함께한 기쁨 슬픔 원願 없이 누렸으니
서운한 마음속에도 아내 말이 옳다 싶다

허기사, 긴긴 강둑 바람 불고 구름 일어
샛강변 물길 따라 닿고 엮인 숱한 사연
스쳐간 옷깃 인연이 어디 한둘이겠는가

무심한 발길 옆에 피고 진 풀꽃 하며
머리 위 그림자 진 허공의 철새 하며
애태워 종종거리며 길목길목 뿌린 흔적

꽃뿌리 돌부리를 휘돌아 온 앞강물이
을숙도 먼 바다에 풀어지는 발길 보면
세상사 연緣을 접을 일이 강아지들 뿐이라……

애완견愛玩犬 사설辭說 38

— 낙동강.294

세월이 유수流水라더니 너도 많이 늙었구나
소파든 강둑이든 공 튀듯이 오르더니
이제는 발만 내뻗어 바둥바둥 긁는구나

그렇지, 세상살이 세월 앞에 장사 있으랴
애탕개탕 몸부림에 천년 살 듯 동동대나
한세상 뒤돌아보면 일장춘몽一場春夢 아니러냐

십여 년 귀염둥이 초롱하던 네 어미도
한세월 어느 날엔 두 발 오그리더니
'가느냐' 물을 틈도 없이 불귀不歸의 객客 되더구나

만지면 몽실몽실 보드랍던 몸뚱이가
천만 길 검은 땅속 뿌리를 뻗쳤는지
얼음장 냉기를 뽑아 발끝부터 식더구나

날 보며 웃던 눈은 제풀에 반쯤 닫고
촉촉한 콧잔등은 까칠한 풀잎 되어
애틋할 겨를도 없이 쌀쌀맞게 가더니라

그래, 그렇거니 어차피 가야 할 길
미운 정 고운 정도 다 떼고 가는 길을
생전의 고운 모습으로 미련 남겨 무엇하리

가는 이를 어찌하랴, 한지韓紙에 고이 싸서
강마을 뒷산으로 어화넘차 올라가니
북망北邙이 멀다더니만 대문 밖이 저승이라

일점혈육一點血肉 자식놈은 제 어미 떠난다고
눈알 휘둥그레, 귀 쫑긋, 코 킁킁대며
담 너머 우짖는 소리 산기슭을 다 적셨지

생자필멸生者必滅 회자정리會者定離, 늘 잊고 살다가도
세상사 나고 죽음을 너로 하여 다시 보니
이별의 슬픔은 오직, 남은 자의 몫이려니……

애완견愛玩犬 사설辭說 39

― 낙동강.295

초겨울 해질 무렵 강바람 스산한 날
늙은 할미개와 강둑으로 올라 보니
서산에 엷게 번지는 저녁놀이 서럽다

낙엽 지는 나이에는 이별도 힘겨운 터
이후론 개를 길러 정情 줄일 없으려니
지난날 꽃잎 인연의 애견들을 모아본다

독구(Dog)는 보통명사, 번개는 내 첫사랑
자취방 총각 시절 이름 잊은 그 강아지
산비알 좁은 부엌서 얼매나 답답했을꼬

아이들 태어난 후 가족으로 맞은 놈들
초롱이, 구슬이, 까치, 아롱이
진돗개 재롱이 녀석 병이 들어 죽었지

눈물짓는 애들 앞에 내 눈물 감추느라
이까짓 개 때문에 사내들이 우느냐고
괜스레 헛고함 치며 뒷산으로 달렸지

초복날 얻어와서 이름이 된 초복이
순돌이, 순심이, 차돌이, 순둥이
아줌마 뒤꿈치를 문 얄망스런 아롱이

이사 잦은 젊은 시절 강아지도 수난이라
적당한 사람 찾아 신신당부 맡겼어도
얼마쯤 지나고 보면 잃고 팔아 흔적 없고

아파트 유행 따라 흔들리는 고공에서
아이들도 떠난 집의 텅 빈 맘 허허하여
고심에 고심을 하다 방에 들인 깜지 녀석

세상에 이런 꽃잎, 산 인형人形이 있었다니!
뱅글뱅글 재롱둥이 콩알만 한 강아지랑
어릴 적 내 소원대로 밤낮 함께 뒹굴었지

깜지의 일점 혈육 수술로 얻은 예삐
콧수염 송송 돋은 엉성한 밤송이가
함께 한 긴 세월 속에 너도 늙고 나도 늙고

이놈을 바라보면 온갖 사념思念 섞여들어
때로는 부모 생각 더러는 자신 생각
내 시詩의 주인공 되어 신문에도 얼굴 나고

영리한 버꾸놈도 애견사설愛犬辭說 주인이나
제 발등 제가 찍어 울타리 뚫고 나가
신문사 사진 찍던 날 구름이가 들어왔지

부엌에서 좁게 산 놈 마당에 묶여 산 놈
옥상에서 홀로 산 놈 방에서 같이 산 놈
강마을 전원주택에 유유자적 뒹군 놈들……

이젠 너나 나나 세월 속 빛이 바래
갈대꽃 흩날리는 서낙동강 강둑길도
내년쯤 산책길에는 나 혼자서 걷겠구나

애완견愛玩犬 사설辭說 40

— 낙동강.296

사는 게 시들한 날은 강으로 나가보자
저무는 서산마루 스무이레 그믐달이
조각 나 흩어진 강을 멍멍개야 너도 가자

저기 저 두루마리 강물 위에 뿌려 놓은
바람 속 꽃구름 핀 우리네 먼 추억들
아련한 달빛 무늬를 조각조각 모아보자

흩어진 조각들을 그림으로 맞춰보면
내 발길 스친 길목 샛강에 새긴 풍경
그리운, 못내 그리운 꽃물결이 아닐러냐

잎잎이 일고 잦는 기억의 편린片鱗이사
천리길 낙동하구洛東河口 을숙도 이쯤 오면
난바다 수평선 너머 아스라이 잠길 사연

잊혀질 사연이야 부질없다 하더라만
천 갈래 물길 속에 한 줄기 우리 인연
짧아서 설운 세월의 흔적들을 당겨보자

한 방울 물이 되어 이어내린 우리네 삶
휘몰이로 종종치고 중몰이로 휘어지다
진양조 선율旋律로 흘러 굽이굽이 엮었으리

물방울들 부대끼며 수수만년 흐른 강은
세월의 가슴 폭에 뜬구름을 싣고서도
제 떠난 빈 물길에다 꽃구름을 채우느니

비우고 채우는 게 강물만 그러하랴
풀섶에 우는 벌레 강둑에 섰는 나무
그네들 떠난 자리가 텅 빈 채로 남았더냐

오뉴월 한철이라 벼논의 메뚜기도
추수가 끝난 논에 제 뿌리를 심어놓고
물소리 찰방찰방하는 모내기철 꿈꾸느니

나비 되어 훨훨 떠난 늦가을 나뭇잎도
계절이 걸터앉은 허허한 실가지에
봄소식 손차양하는 겨울눈冬芽을 남겼더라

한 생애 흘러내린 긴긴 강둑 저 상류上流쯤
아스라이 이어지는 또 하나 물줄기는
보아라, 우리 인연의 꽃가루가 아니랴

사는 게 시들한 날은 강으로 나가보자
저무는 서산마루 스무이레 그믐달이
꽃물결 그리는 강을 멍멍개야 너도 가자

제6부

강江, 물이 되다
(제2집)

2007. 한글문화사

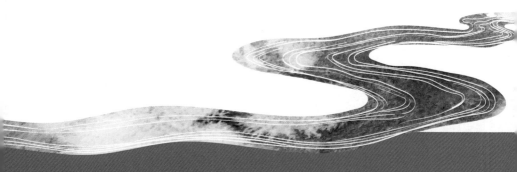

강江, 물이 되다

— 낙동강.236

이제, 몸을 풀어
흔적을 지우나니

한 생애 강으로 흘러 단단했던 영혼과 육신
반짝이는 비늘 사이 품었던 숱한 인연因緣
가슴에 띄운 별빛, 강둑에 세운 깃발
모두들 제 빛깔의 샛강으로 엮어놓고
강은 스스로 풀려 물이 되나니
긴 꼬리 한 토막 잘라
마지막 하구, 마침표로 찍은 을숙도
철새 깃들일 갈대 몇 앉혀 놓고
물머리 올올 풀어 조류에 섞여들어

마음속
부처를 죽이며
뭉개지는 늙은 돌탑

아버지의 강江 1[78]

— 문전옥답

의사마다 병 고치면

북망산천 왜 생겼노

사람마다 선비 되면

농군 될 사람 누가 있노

농부가

흥겨운 가락

깃을 펴는 두레마을

둔치섬 갈대밭을 옥답으로 일군 농부

구렛들 먼 둔덕에 손채양을 하고 서면

김해金海벌 푸른 물길에 일고 잦는 금빛 햇살

선잠 깬 샛강물도 두루마리 펼쳐 놓고

갈대숲 붓으로 묶어 일필휘지 바람 불러

농자農者는 천하지대본天下之大本

초서체로 출렁인다

---

78 연작시 〈아버지의 강〉에 사용한 농요는 구전가사와 필자의 작사를 혼용했음

아버지의 강江 2

― 논갈이

동산에 해 솟을라
이랴이랴 어서 가자

물안개 엷게 피는 강마을 새벽 들길
씀바귀, 민들레, 제비꽃 여린 잎에
봄바람 살랑이는 긴 강둑을
만경창파 너른 들판 두 눈에 죄다 담아
애벌갈이 두벌갈이 진갈이 마른갈이
하루해 뚜벅뚜벅 방울눈 껌벅이던
아버지의 소

청명 곡우 절기 좋아 봄비 촉촉 내리면
물나울 써레질에 온 들녘이 출렁이고
자식 같은 농사, 농사 같은 자식의
네모반듯한 아버지 가슴에서
주인의 경전을 다 배운 누렁이
하룻일 못다 한 채 일락서산日落西山 해가 지면
진달래 붉게 젖는 앞남산 바라보며

음매에-

월출동령月出東嶺이라고

한 줄 시도 읊었다

아버지의 강江 3

— 못자리

부모님 날 낳실 제
농사 장원壯元 소원이라

사잇섬 갈대숲에 개개비 지저귀면
옛 둥지를 찾아온 먼 산 뻐꾸기 소리
아련한 그리움, 어머니 젖살 같은
보드라운 흙을 받친 모판
될성부른 농사는 씨앗부터 아느니라
동동 뜨는 푸석이들 손으로 움켜내면
바람이듯 스쳐가는 제비 한 쌍

처마 밑 새끼 제비 강남 먼 길 떠나갈 제
이 모판 뿌린 볍씨 알알이 여물으면
부모님 봉양 후에 아들딸 영화도 보리
강바람에 쏟아지는 하얀 햇살
앞강물 푸른 물줄기 가슴에 살아
아버지의 맑은 심장

볍씨는 발을 내리며

피돌기를 시작했다

아버지의 강江 4

― 모내기

모야 모야 노랑 모야

언제 커서 열매 열래

어― 이, 못줄을 넘기면 일어서는 허리허리

세상사, 외줄 타듯 힘들다지만

팽팽한 못줄에도 꽃은 붉게 피고

허리 부러져도 어깨춤 절로 나는

아버지의 꿈, 가을

이 달 크고 저 달 커서 칠팔월에 열매 열지

청청晴晴 하늘 흰 구름 아래

청청淸淸 물길 감돌아 흐르는

하얀 종이를 펼친 들녘

청청靑靑 벼포기들 점과 줄로 어우러져

한일― 두이ㄴ 입구ㅁ 날일ㅂ

ㄱ ㄴ ㄷ ㄹ, 가 갸 거 겨 글이 되어

온달 같은 이 논배미 반달같이 남았구나

니가 무슨 반달이냐 초생달이 반달이지

해종일 또박또박

숱한 밭전田자를 채우던 아버지

장원壯元 농부의

무딘 손끝이 몽당붓 된 해질녘

들판은

한 권 책이 되어

어린 벼를 품었다

아버지의 강江 5

— 보리타작

옹헤야, 잘도 한다
도리깨가 춤을 춘다

부지깽이도 곤두서는 오월
모내기 사이사이 누런 보리밭에
만장 같은 터를 닦아 타작마당 신명이 난다
태산 같은 보릿고개
소꿍소꿍 소쩍새야 뭐이 그려 슬피 우나
한 서려 울던 울음 풀떼기죽 긴긴 해도
허위허위 넘다 보면 이런 날도 오는 것을

산들, 강바람도 마당 어귀 맴돌면서
옹헤야, 여기를 쳐라!
마당질 거든다고 보릿단 날라오는
잔뿌리 얽혀 자라는 문전옥답 실핏줄들
연필, 책값, 월사금月謝金에다 따로 드는 배삯, 차삯에
기우뚱, 기둥뿌리 흔들려도
내리치는 도리깨로 경천동지驚天動地 땅 따지면
여름 한철 견뎌낼 꽁보리밥 있느니라

큰소리 땅땅 치는 아버지의 들판은

감돌아 굽이지는 앞강물 깊은 가슴에

보리쌀

한 톨 던져놓고

잉어 꿈을 꾸었다

아버지의 강江 6

― 김매기

어여로 상사뒤야
오늘은 두렛날이라

우리 논 다 매거든 자네 논 매어줌세
삼이웃이 떠들썩한 강마을 품앗이
밑거름 웃거름 넉넉지 못해도
흠뻑, 단비 내린 날 꽃물을 잡혀주면
이 논 가운데 뜸북새 뜸북, 저 논에서도 뜸뜸북뜸북
강바람에 온몸 한들거리는
벼의 춤사위

너희들도 이렇게 자라거라
한마디 말씀 없으시면서도
피사리, 애벌김, 두벌김에 또 물꼬잡히기로 지샌
아버지의 주경야경晝耕夜耕

하마 꽈리가 익었는가
농부의 경전, 숱한 책장을 넘기는 바람결에
가갸거겨 개골개골[79] 개구리 책 읽는 소리
왁자히 번지는 아버지의 들판에서
시퍼런 강물 퍼다 잉크로 찍어

볏잎은
글을 배우며
펜촉으로 자랐다

---

79 한하운의 시에도 비슷한 구절이 있음.

아버지의 강江 7

— 새참

햇살도 힘에 겨운
유월六月 장천長天 한나절을

행주치마 떨쳐입고 찔레꽃을 꺾고 있나
이등 저등 건너다가 칡에 걸려 더디던가
기다리던 새참, 퍼질러 앉은 논두렁
저 멀리 강 복판에 고수레!
수제비 한 덩어리 던져 놓고
먹성 좋은 상일꾼들 한입에 쏟고 나니
그릇 속 밑바닥에 장어만 한 멸치 있었구나

먹장어 안주하여 탁배기도 걸쳤것다
어여로 상사디요
모시적삼 세적삼에 분통 같은 저 젖 보소
선머슴애 선소리에 새색시 수줍어서
갈잎이 하르르 바람으로 받아준다
많이 보면 병날거고 눈꼽만치만 살짝 보소
세상사 다 잊고
강바람에 들척이는 풀잎 베고 누우면

초가집
봉창 너머로
휘영청 달도 떴다

아버지의 강江 8

— 가뭄

논 쩍쩍 갈라지는
십년대한 가문 날에

함양산청 깊은 골을 흘러내린 푸른 물아
이 강에는 아니 오고 너 어디를 가고 있나
애시당초 거북이 등짝
아버지 손바닥에도 마른 강이 패이고
검붉은 손등에만 푸른 물줄기 팽팽할 뿐
앞강물은 소금기로 절어
물을 두고 물이 없는 기막힌 강변마을

이제 갓 내린 뿌리
배배 틀려 붉게 타는 피붙이 바라보며
꼬인 게 내 창자라면 내 아프면 그만인 것을
하릴없이 속 태우며 논두렁만 바장이던
애틋한 눈길
일 년하고도 열두 달
바람 잘 날 없는 강변 들판에서
하고많은 밤들 내내 헛기침 쌓으면서

생가슴

저민 조각만

달빛 강에 뿌렸다

아버지의 강江 9

— 홍수

낭창낭창 벼랑 끝에
무정하다 저 오랍아

나도 죽어 남자 되어 각시 한번 건져볼래
웃마실엔, 사람 삼켰다는 누런 시위
황토빛 소문이 쫙- 깔린 들판
실피 같은 어린 것들 가뭄 끝 살렸더니
꽃같이 좋던 물도 넘쳐나니 우환憂患이라

넓은 하늘 아래 가두리로 막혀
물 위에 둥둥 뜬 강마을
하필이면 배동[80] 칠월 사흘 낮 사흘 밤을
꼭지도 안 뵈는 벼, 한 치만 더 키울 걸
가뭄 끝은 있어도 물난 끝은 없다는 말
아무렴, 헛말이라고
이웃끼리 우기지만

---

80 배동: 벼가 알을 배어 볼록해진 것

두 발 동동 구를 마른 땅 한 뼘도 없어

만경평야 푸른 젖줄, 속 깊은 앞강물도

뒤집힌 허파를 안고

진종일을 울었다

아버지의 강江 10

― 태풍

강마을 김해벌에
바람 잘 날 있었더냐

하늘과 땅 사이에 바람으로 부대낀 삶
강둑에 펄럭이던 아버지 젖은 노래
들판은 일 년 내내 그랬다

흐르는 앞강물이 잔잔한 날 보았더냐
가지 많은 나무에 바람 잘 날 바랐더냐
바람 불면 부는 대로
물결 치면 치는 대로
가지가 흔들려야 뿌리가 튼실한 법
웃자라 꺾인 가지 한두 번 보았더냐
넘어지지 않고서야 일어설 줄 어찌 알리
한 세상 사는 길이 바람 물길 아니더냐

태풍 휘몰아쳐 강물이 곤두서던 날
이제 갓 패는 벼를 맨몸으로 품었던
장원농부의 들판은

퍼붓는

바람화살을

온몸으로 맞섰다

아버지의 강江 11

― 허수아비

후- 여, 참새들아
이내 가슴 쪼지 마라

이 쌀은 곡식 아니라 점점이 내 살이라
사시장철 울어쌓던 강바람 죄다 불러
늦가을 몸짓으로 논 가운데 섰노라면
아버지의 꿈
주경야경晝耕夜耕 논배미는 장원급제 한 장 홍패紅牌[81]
황금빛 물이랑은 저리도 넘실대고
뒷마당 붉은 감잎은 푸른 물에 배로 떴다
이제는 다 보내고, 또 떠나야 할 때
알알이 영근 피붙이들
제 물길 찾아 노를 저을
세월 실은 앞강물에 손채양을 하고 서서

---

81 홍패: 과거시험 대과 급제자에게 하사한 붉은 교지

아버지

허연 껍질로

펄럭이는 낡은 돛

아버지의 강江 12

— 가을걷이

낙동강 칠백 리에
오곡백과 무르익어

어여라 디여라 풍년이로구나
오월 농부 팔월 신선
높은음자리표 전봇대에 선소리를 메기면
이삭 쪼던 참새들 포르르 날아올라
전깃줄에 자리 잡은 4분음표 도— 미— 솔— 도—
강바람도 불어
부포상모[82*] 흔드는 갈대숲의 지휘

꽃밭 속에 나비 놀고 구름 속에는 누가 노나
이태백은 달 따러 가고 구름 속에는 우리가 놀지
장대 끝 빈 깡통들 챙- 챙- 채쟁- 챙
덧배기 장단을 치고

---

82 부포상모: 끝에 깃털을 단 상모로 농악 때 상쇠가 사용함

막걸리에 취한 허수아비 기우뚱
나비춤을 추는
화음和音으로 출렁이는 들녘

벼는 익을수록 고개를 숙이느니라
벼는 이웃끼리 어울려서 서느니라
굳이 말로 하랴 싶어 온몸으로 보여주는
땀방울로 엮은 장원壯元 농부의 경전
가을 들판에

아버지
진신사리가
영롱하게 맺혔구나

아버지의 강江 13

― 꽃상여

개울물 건너
솔방울 주워 삼태기에 굴리던 산길을 가면
도리깨질 멈춘 억새풀 손으로 땀방울 씻던
아버님의 얼굴 뵈옵나니

어- 화 어- 화 어화넘차 너- 화
꽃상여가 보인다, 상여노래 들린다

우리인생 한번가면 다시못올 이길인데
저승길을 가시거든 극락산천 가옵소서

발인제發靷祭 흐느낌에
병풍 너머 오열하던 굴건제복屈巾祭服은
삼가 만장 끝에 스미는
세월의 내력을 찾아 기슭을 오른다

종달새 지저귀며 문안 여쭙는 두메
봄이면 반달논에 씨 뿌리고 배냇소 울어 쌓고
두벌김 매고 오며 지개목발 두드리는

너 마지기 농부의 긴 해가 저물면

한밤 지새울 등불 삼아 둥근 달 걸어 놓고

물꼬 지켜 앉았던

민갈이논보다 넓은 아버님의 어깨

농민으로 태어나서 농민으로 가는이몸

지난세월 생각하면 무슨여한 있으리오

어- 화 어- 화 어화넘차 너- 화

상두꾼의 목청은 나뭇가지 스치는 바람결에 구성진데

풍년가 함께 읊는 귀또리 울음이 좋아 익은 벼 어루면서

할머니 별빛 찾아 옛 애기 들려 주시던 성주城主

대문고리 매만지는 정든이별 서러워서

문턱한번 만져보고 마당다시 밟아보세

향불 피운 두 손 모아

왕생극락 비옵는 어머니 배웅 너머

숱한 기슭을 다 지나고 굳이 찾은 멧부리

선잠 깬 새벽녘 청솔개비 치던 산길을 돌아

까만 머루의 기억을 더듬는 백발 되어

노제路祭 지내는 벗님네들 설움을 달래면서

이땅에서 이름지어 이땅에서 걸음 걷고
아내맞아 가장되어 코흘리개 키웠는데
벗님네들 한번보소 저렇게들 장성했소

자랑삼아 흔들리는 꽃상여
황포黃布 속에 가리운 얼굴 반혼제返魂祭로 하직할 때
백 년 소나무 수풀 아래 아버님 음성 메아리 되어
상여노래 들린다, 만장이 펄럭인다

흐르던물 구름되어 다시찾은 고향인데
사람들아 슬퍼마소 이승뒤에 극락있네

어- 화 어- 화 어화넘차 너- 화

* 이 〈꽃상여〉는 1981년 4월 일년상 탈상일에 지었던 것을 여기에 편입시켰으며, 삽입한
  상여노래는 장례 기간 중 필자가 지어 상여꾼들이 노래한 것의 일부분입니다.
* 이 작품은 시조 형식의 변용變容과는 무관합니다.

아버지의 강江 14

― 빈 들녘

세월아, 너 가려면
혼자나 가고 말지

꽃 같은 이팔청춘 무엇하러 데려가나
구절초, 쑥부쟁이 찬 서리에 다 젖는데
청천 하늘에 잔별도 많고 우리네 가슴엔 수심도 많던
장원 농부壯元農夫의 네모반듯한 들판에
에움길 돌아돌아 다시 찾은 한 포기 벼
이 가을
아버지 회색 머릿결 바람에 흩날리며
마른 갈대꽃으로 강둑에 올라서면

아버지 헛기침 소리
들릴 듯한
빈 들녘

아버지의 강江 15

— 물줄기

밀려서 흐르는 것이 강이라 여겼습니다
새로 솟은 맑은 물이 낡은 물을 한데 몰아
강둑을 땅땅땅 치며
밀고 간다고 믿었습니다

아버지 손금 같은 가을 물길 잡히고
주름진 물이랑에 붉은 잎맥 드러날 즘
앞에서 끌어당기는 물줄기를 보았습니다

보채며 굽이치는 철없는 골짝물을
온몸으로 달래면서 들판으로 데불고 와
도도히 이끄는 물길
아버지의 강을 보았습니다

곡우 무렵 아버지 생각

— 낙동강.228

어느덧 청명淸明도 지난 곡우穀雨 무렵 샛강 들판
불도저에 허물어진 논두렁을 밟고 가다
비 촉촉 내리는 들에 한 점 섬으로 앉았다

발끝에 고개 내민 씀냉이 노란 꽃잎
해종일 소를 몰던 아련한 음성들이
봇도랑 물소리 되어 강바람에 섞여든다

발굽소리 찰방찰방, 음매 우는 풋송아지
새파란 보리밭 너머 논을 가耕는 하얀 선학仙鶴
솔가지 한 줄 없이도 선유도仙遊圖를 펼쳤다

고개, 들어 보니 곡우절穀雨節 물은 넉넉하여
너른 들 앞강물도 옛 그림 그대론데
시절時節의 등진 텃밭엔 빈 소나무 빼곡하다

젖은 바지 올려 걷고 무릎을 꿇어야 하리
불모산佛母山 상상봉을 붉게 울어 넘을 햇살
비 오는 제삿날이라 서산해도 미리 졌다

배추흰나비

― 낙동강.165

어머니, 오늘은 또
어느 밭에 계십니까

항상 병약하셔 마음 졸이시면서도
늘상 하얀 모습으로 밭고랑에 엎드려 계시던 어머니
내 초등학교 3학년쯤의 어느 가을
거미줄 테를 들고 배추흰나비 쫓느라고
강둑길 배추밭을 빙빙 돌다가 넘어졌을 때
손자 같은 막내둥이
무릎의 흙먼지 털어내시며 당신 혼자 중얼거리던 말씀
이놈 고등과만 마쳐 놓고 죽었으면……
손끝 배추흰나비 날개처럼 파르르 울리던 말씀
가늘게 강바람 일어 몰래 떨리던 강섶 갈댓잎
철없는 어린것이 못 알아들었으리라고 생각하셨겠지만
40년을 무릎에 저려오는
배춧잎 같이 연약한 그 손길
그 갈댓잎은 여태
세월 속 물이랑으로 미어지는데
오늘은 울 어머니 청산靑山 가신 날

밭둑엔

배추흰나비

또 저리도 날아 쌓고

채소 모종 옮겨심기 딱 좋은 날

— 낙동강.167

어머니, 오늘은 또
어느 밭에 계십니까

빗님 촉촉히 내려 채소 모종 옮겨심기 딱 좋은 날
어디 마음자리 펼 데도 딱히 마뜩잖은
왠지 쓸쓸한 오월의 토요일 오후
어머니께서 해종일 하얀 모습으로 쪼그려 앉아 김을 매시던 강마을
그 들밭머리로 기억처럼 차를 몰았습니다
어제가 다르게 넓어지고 곧아진 국도변 낯선 집들 저 너머 강변 버
드나무에 기대 섰는 우리집의 나즈막한 기와지붕은 들녘 먼 끄트머리
에서 이렇게만 바라보아도 변함없는 모습으로 거친 손등 구부려 마을
어귀를 향해 손채양을 하고 있군요
그때의 부모님만큼이나 나이 드신 큰형님 내외분은 이웃 마실 가셨
는지 풀꽃 마당에는 어머니 기르시던 복실이의 증손자뻘 되는 강아지
녀석만 낯설다고 낯설다고 앙증스런 이빨을 내보이며 손톱만 한 콧잔
등에 제법 주름을 몇 가닥 세웠습니다

어머니, 어머니께서 자리 누워 계시던 토요일 저녁
여느 때보다도 몇 곱 많이 담은 고봉밥 얼른 다 드시고는, 어머니 여

윈 팔목 같은 긴 숟가락으로 빈 밥그릇 톡톡 두드리시며 마주 앉은 우리 형제 얼굴을 민망한 듯 웃으시던 어머니

치마끈으로 죈 허리를 중동끈으로 다시 묶고도 못다 넘던 보릿고개

각다귀 떼로 몰려드는 하루해 긴 허기를 물두무 두껑 소리 죽여 오그랑쪽박으로 달래셨는데 까짓 양에 넘치도록 밥 한 그릇 더 듬뿍 잡수시면 어떻다고

머루알 같은 남매들 장난질로 흙먼지 송송 솟던 종이 장판을 사시장철 훔치고 닦으셨는데 까짓 평생 처음으로 속옷 한 번 더 행여나 더럽히면 또 대수라고

그 흔한 밥 두어 숟갈로 어머니 마음 섭섭하게 해 드렸지요

다음 주말 뵈었을 땐 하마 예전의 입맛마저도 잃으셨던 것을……

어머니, 어머니 훨훨 청산靑山 가시던 금빛 가을

할마씨 복도 많다고, 상두꾼들 두둥실 어깨춤 태우던 하얀 꽃가마에 앉아 발갛게 영근 고추 마지막 바라보시던 밭두렁에 방금 백로 한 마리 날아와 구부정히 앉았습니다

내가 가까이 다가가면 저는 그만큼 더 물러나고 다시 살며시 다가가면 꿈결이듯 내리는 안개비 사이로 어느새 그만큼 또 멀어져 버리는군요

갓 옮겨 심은 오이 잎사귀에서 물방울 똑, 똑 떨어지는 밭고랑에는 엉덩이를 치켰다 내렸다 혼자 건몸 달던 참개구리가 낼름 집어삼킨 것이 이마 위에 부서지자 싱거운 듯 두 손으로 얼굴 한번 쓱 문지르더니 그냥 되돌아 엉금엉금 기어갑니다

강물은 예 그대로 그냥 그렇게 멈춘 듯 흐르는데

고요하던 수면에 빗방울 꽃잎처럼 튀겨 오르며 다가오더니

이내 갈대들의 허리께를 휙 나꿔채며 물길 거슬러 강바람이 몰아치는군요

애벌갈이가 거진 끝난 빈 들녘에는 요즘 보리농사도 짓지 않아 밋밋하기만 한 논배미들이 마음같이 헛헛한데

닫아버린 차창이 자꾸 뿌옇게 흐려져서, 창밖에서 부딪치는 빗줄기만 부질없이 쓸어내리는 와이퍼를 어쩔 수가 없어 어머니,

회색의 물이랑을 싣고

빈 강둑을 달립니다

겨울 배추밭

— 낙동강.192

어머니, 오늘은 또
어느 밭에 계십니까

속잎 버는 배추밭에는
배추벌레 한 마리만 일어도 절단난단다
배춧잎보다 더 배춧잎 같은 배추벌레
새벽이슬 밭고랑에 어두운 눈 비비시던
어머니 물빛 치맛자락 겹겹 두른 배추포기
속살 옹골차게 여물어지면
김장독의 넉넉한 겨울나기를 꿈꾸시며
여린 포기포기마다 애틋한 손길 보태셨지요

어머니 귓불에 맴돌던 초가을 고운 햇살
뉘엿뉘엿 물길 따라 아득히 흘러가고
포기마다 어르던 손길 닿을 길 없어
무너지는 시절의 텃밭
배춧잎보다 더 새파란 배추벌레 엉겨들어

오늘 이 허허로운 초겨울 강언덕
어머니의 근심 어린 계절은 다가오는데
묵은 장독대 깨어진 사금파리 조각처럼
겨울 냄새가 앙상한 밭고랑엔
속잎들 다 갉아 먹혀, 구멍 송송 뚫린
철 지난 김장배추가

빛바랜 치마를 덮고
강바람에 얼고 있네요

참외

― 낙동강.222

뙤약볕 노점에서 아내가 사온 참외
양 볼을 오므리고 우물우물 잡수시던
어머니 낡은 틀니가 쟁반 가득 담겼다

목 아프게 오고 가던 오일장 이십리 길
사립짝 기대섰을 남매들 눈에 어려
먼 강둑 종종걸음에 함께 뒹굴던 참외 몇 알

어머니 속살 같은 참외를 먹노라면
오늘은 또 바람 일어 뒤척이는 강물 위에
울 엄마 글썽이는 눈, 반짝이는 저 물이랑 ……

새벽강

— 낙동강.154

부활하는 청동靑銅의 새벽
강(江)이 일어선다
검푸른 숲기운을 마신 혼돈의 새벽강이
태초의 땅과 하늘 사이를 당산목으로 일어선다

물안개 엉기는 밤
잎잎이 스미는 정적
영원永遠하는 천지 창조의 외로운 사색에 젖어
긴 밤을 홀로 지새며 스스로 일어선 팽팽한 강江

숲 짙은 골짝 사이로 뿌옇게 흐물거리는
여인네 아랫도리의 맑고 깊은 이념 속으로
청동빛 그 목청으로 깨어나 기립하는 새벽 남성

복숭앗빛 산봉우리
터질 듯 부푼 먼동
입술 촉촉이 적셔 속잎을 여는 대지를 뚫고
강언덕 당산목으로 새벽강이 일어선다

손씨네 포장마차

— 낙동강.150

물방울 부대끼는 곳이면 어딘들 강江이 아니랴
사람들 퇴근 길목은 물목 좋은 황금어장黃金漁場
오늘도 집어등 낮게 흔들리는 출항의 닻은 오른다

낙동강 하구 연안 물막이 공사 끝물 무렵
누대累代의 투망 솜씨를 물으로 끌어올려
용케도 결국은 건져낸
본전 같은 어부의 길

어차피 맨손 살이야 거룻배와 뭐가 다르리
여기도 바람은 불어 기폭은 늘상 흔들리고
길섶에 오가는 애환哀歡이 만선으로 쌓이는 곳

뱃길은 만경창파萬頃蒼波
뭍길은 구절양장九折羊腸
씨방 속 아이들의 이불깃을 꼭꼭 다진 한밤
어딘들 강江이 아니랴, 닻 들어라 돛 달아라

수직垂直 풍경 1

ㅡ 낙동강.231

빌딩 귀퉁이에
갑자기 비바람 일어

중년의 노점상
어디서 받아왔는지 약초 같은 마른 것들
네 활개 송곳 삼아 비닐을 누르고선
온몸으로 비를 맞고 있다
맑은 날이언들 저 약초 다 팔면
식구들 몇 끼니 밥값 될까

욕지꺼리 같은 날씨
비닐 끝자락도 파르르 떨어
비바람 몰아쳐, 작은 새들 깃털 날려
수업 중 우연히 본 돌축대 난간 밑
주인 비둘기가 쫓아내고 쫓아내고
빈 자리 넉넉하건만 내쫓긴 비둘기 몇
수직의 돌 틈에 걸친 까만 발톱 하나
자꾸만 미끄러지던
선홍색 발가락의

송곳 같은 졸음을 생각나게 하는
쉽게는 그칠 것 같지 않은 비바람

강물은
빌딩 유리벽에
풍경으로만 흐르고

20세기 강바람

― 낙동강.147

강바람은
일 년 열두 달 내내
남으로만 불어갔다
밭어귀의 찔레순을 꺾고 보리밭을 노랗게 훑고
허기진 다랑논 허수아비의 꽁꽁 언 발등을 밟고 갔다

이른 봄
꽃잎 벙글 때도
그 바람은 불어갔고
아득히 맑은 하늘 아래 회귀回歸의 나뭇잎 떨어져도
강둑의 깊은 발자국은 언제나 남으로만 날려갔다

무겁게 손들지 않아도 사람들 표표히 떠나
개망초 자욱이 번지는 아침답 들녘을 보며
물결은 잘게 살을 에이며 제 자리에서만 미어졌다

불면의 긴 강줄기가 시름으로 무너지던 날도

돌아누운 하얀 강江의 여윈 팔을 연신 잡아끌며

또 하나

샛강 줄기를 따라

뻐꾸기마저 울고 갔다

길의 고금古今

— 낙동강.152

우리네
삶의 자취란

물굽이로
길을 낸다더니

아스팔트
대로를 따라

살여울
드센 이즘엔

사람은
흐르는 물길 속의

구경꾼으로만
몰려간다

가을 가로등

― 낙동강.148

대낮 같은 붉은 어둠이 강둑에 엷게 번지면
단단히 굳어져 버린 고공의 시멘트 속에
층층이 영글어 가는
제 껍질 속의 사랑놀음

올빼미 눈의 호동그런 밤은 어디에도 찾을 수 없어
밤하늘 별빛을 더듬어 더 짙게 눈을 밝히지만
불면의 네 머리 위로 조각난 어둠만 흩어지고

늦가을 강언덕에 선 나뭇가지의 영혼으로
싸늘한 강변 도시의 포근한 밤을 지키는
눈부신 이십 세기의 절망
텅 빈 거리의
허수아비

가을 갈대꽃

— 낙동강.219

한때는 갈풍[83]노래로 강바람을 일궜지만

어차피 우리 모두 샛강의 붙박이들

늦가을 갈대꽃 되어 흰 가루로 흩날릴 터

소설로 살아온 삶을 한두 장 수필로 접고

겨울의 초입쯤에서 몇 줄 시로 줄이다 보면

인생은 또 한 잎 낙엽

먼 바다로 잠겨들 터…

---

83 갈풍: 갈댓잎으로 만든 피리

가을강

— 낙동강.220

강이라 이름 얻은

새파란 저 물길도

한갓 구름이라고

뜬구름일 뿐이라고

짙붉은

한 폭 만장으로

굽이지며 흐르노니……

열매에 관한 단상斷想

― 낙동강.180

가령 한 나무에서 열매 몇 개 맺혔다 치자
새 땅 위 그 열매들 제 뿌리를 뻗어갈 즈음
열매는 열매들끼리 어떤 싹으로 부대낄까

함께 자라 어우러지는 울타리로 엮어 살까
비좁은 땅 햇빛 가리는 덧가지로 얽혀들까
제각각 우듬지 되려 가시 돋아 등 돌릴까

한 해가 또 저무는 노을빛 강언덕의
한 뼘 땅뙈기에 혼자 우두커니 서서
이제 곧 떨어질 듯한 열매 몇 개 바라보며……

무제 無題

― 낙동강.181

저녁놀 붉게 젖는

이승의 江을 건너

서산西山의 저 고개를

허위허위 넘어갈 제

그림자 끄는 발걸음

빈손인들 가벼우랴

방패연

― 낙동강.170

바람이 몰아칠수록
비워야 바로 선다

한 가닥 연줄을 타고 온몸에 전해 오는
바람 잘 날 없는 팽팽한 허공살이
불의의 통줄에 튀김질을 당해도
텅 빈 마음으로 꼭지머리 올곧게 세워
중심을 잃지 말아야 한다

공중에 높이 솟아오를수록
계곡에서 강으로, 다시 바다로
물길이 모여드는 것은 그곳이
낮기 때문임을 볼 수 있어야 한다
바람이 쉴 새 없이 불어 물길을 밀고 밀어도
강은 그대로 제 이름으로 남아
들녘을 휘돌아가고 있음도 알아야 한다

바람 인연 다하는 날
온갖 사연 다 흘려보낸 빈 마음으로
그렇다고, 그렇다고 온몸 끄덕이며
석양 속에 반짝이는
한 조각 보석 같은 잔영으로
사라질 줄도 알아야 한다

앙상한
겨울 가지에 얽힌
욕망의 잔해를 보라

목어木魚

— 낙동강.230

절망의

잉어 한 마리

산사山寺로 올라가다

시인의 착각

— 낙동강.163

독자는 시를 읽고
무엇을 생각할까

꽁트 같은 시를 썼다
설화 같은 쉬운 시다
우리 부부 경험담이다
아내에게 보여줬다
(이런 일은 처음이다)
사건은 알겠는데 뜻은 잘 모르겠단다
다시 읽어 보라 했다
뜻은 대충 알겠는데 의도는 모르겠단다
한번 더 부탁했다
아내가 긴장한다
문학소녀 추억 말고도 시인 아내 20년 세월
이런 시도 어렵다니
한번 더 읽으랬다
아내가 화를 낸다
나를 시험하지 말라
대충 읽고 넘어가자

학교 때도 어려웠다
강물은 왜 쪼개느냐
강은 그냥 강이고 물은 그냥 물 아니냐
어려운 시를 읽고 긴장하며 살긴 싫다

시인들 착각의 늪이
이렇게도 깊을 줄이야

샛강물 후유증後遺症

— 낙동강.214

과목이 무어냐고 간호사가 물어왔다
문학文學이라 대답하자 둘이서 합창을 한다

어쩌나
우리 학생들
골치깨나 아프겠다

도덕 시험

― 낙동강.164

우리 집 골목길은
누가 청소하나요

색색의 물방울들 옹기종기 모여 앉아
일제고사 치르던 그 여름 오후
아이가 울면서 돌아왔다
진종일 햇볕 쬐인 마른 언덕 콩 이파리처럼 늘어졌다
만점을 받을 수 있었는데 도덕 문제 하나 틀렸단다
'우리 아빠'라고 맞게 썼는데 왜 틀렸는지 모르겠단다

시도 때도 없이 흘리던 콩알만 한 눈물방울
어느덧 제 강줄기 엮어 먼 길 떠나더니
낙동강 본류 따라 천 리 길 달려온 밤
싸락눈이 얇게 내린 빙판의 아침이 쌀쌀하다
집 안팎 빙빙 돌며, 땀방울 섞어가며 빗자루로 쓸어낸다
비질 스친 흑백의 땅바닥은 흡사 내 머릿결 같다

오늘도

같은 문제로

도덕 시험 치르는 날

세모歲暮, 못을 치다

― 낙동강.225

결 고운 기둥에다 꽝꽝꽝 못을 친다
나뭇결이 찢어지며 구멍이 생겨난다
못질한 망치 여운이 파동波動으로 다가온다

풍광 좋은 그림으로 새 달력을 걸어본다
지난날 일상들이 날짜 위에 겹쳐진다
숫자는 활자活字가 되어 못으로 부활한다

1자는 송곳으로, 2자는 갈퀴로 선다
미모美貌의 8자는 또 수갑으로 죄어온다
속 비운 0자마저도 족쇄 되어 굴러온다

누군들 가슴 한켠에 못 한 개쯤 없으랴만
돌아보는 강둑길엔 앙상하게 못만 섰다
강물은 바람 상처를 시절 따라 메우는데……

자화상

— 낙동강.151

아무리
깨뜨리려 해도

깨지지 않는
물거울

강변 산책

— 낙동강.216

자욱히 안개 깔린
샛강 변 새벽 들녘

주인 따라 산책 나선 우리집 골목대장
여기 찔끔 저기 찔끔 구석구석 집적대다
비닐하우스 입구를 지키고 앉은
지푸라기 뭉치 같은 강아지 앞에 코를 디밀었다
반 토막도 안 되는 녀석 벌떡 일어서더니
아- 르- 릉!
잽싸게 물어뜯고는 온몸으로 앙앙거린다
뭉툭한 콧잔등에 흥건히 적시는 피
뚝뚝 듣는 핏방울에 꼬리까지 내리고는
웬일로, 아무런 불평 없이
힐끔힐끔 눈치보며 물러서는 골목대장
바깥의 소란에 풀꽃 같은 젊은 내외
배추 모종 손에 든 채 밖으로 나와 미안해한다
강아지가 새끼를 낳았단다
그랬구나, 골목대장
그래서 무안한 듯 말없이 돌아섰구나

개도 이웃 사정을 헤아리며 사는구나
그렇지 그렇지, 한들거리는 갈잎의
유유한 물길 위에 번져나는 엷은 미소

잔잔한
파동波動의 아침
강물 같은 산책길

칠점산七點山

— 낙동강.184

흘러, 천 리 길의 강줄기 이어내려
삼차수三叉水 옷자락이 질펀히 펼친 하구河口
태백太白의 주춧돌로 선 일곱 산이 솟았더라

사공아 말 물어보자, 칠점산[84]이 어드메뇨
세월의 풍랑 속에 헐리고 또 깎이어
모래톱 켜켜이 쌓은 뿌리 하나 남았구나

물굽이 선율 따라 가야금 타던 선인仙人
뱃길이 뭍으로 막혀 초선대招仙臺[85]에 갇혔는가
예 놀던 배꽃 밭등엔 복사꽃도 피었건만

하늘 밑 온 들녘이 초록으로 짙은 계절
삼차수[86] 푸른 물에 산그늘 감돌던 때
돛단배 하얀 기폭엔 갈매기도 앉았으리

---

84 칠점산: 김해공항 군부대 내의 산. 원래 7개였으나 일제 때부터 점점이 깎아내어 현재는
반쪽만 남아 있다.

85 초선대: 김해 초입에 있는 유적으로 칠점산의 신선들이 놀았다고 한다.

86 삼차수: 낙동강의 옛 이름.

칠점산 등대 삼아 들며 나던 만리 뱃길
일고 잦는 잎잎마다 은빛금빛 쇠바다金海라
이 가을 황금벌판엔 옛 가야의 달도 뜨고

눈 덮인 아침결은 태고적 한 빛인데
비행기도 잠든 공항 허허로운 강물 위로
갈대숲 활주로 따라 기러기 떼 잠겨든다

고금古今의 길을 걷는 무심한 나그네야
그대 밟는 한 뼘 땅도 사연을 알고 보면
칠점산 신선바위가 흙모래로 남은 것을

청산별곡

― 낙동강.160

청산은 나를 두고 멧새가 되라 한다
솔바람 속 개여울의 현악기 선율 맞춰
능선을 타고 흐르는 메아리로 살라 한다

강江은 또 나를 불러 물새가 되라 한다
굽이굽이 이어내린 물이랑 춤사위로
강둑에 한들거리는 풀꽃으로 살라 한다

강촌별곡

— 낙동강.162

강江이 두루마리를 펴
그림 한 폭 그리자 한다

함께 할 긴 강둑엔
무시로 필 풀꽃 심고

하늘빛 여백에 띄운
한 점 구름 되자 한다

강마을 아이들 1

― 낙동강.185

겨울철 등굣길은
비무장 전투였다

맨몸으로 맞부딪는 시오리 전선戰線길의
김해벌에 쏟아지는 화살촉 겨울바람
봄 여름 가을, 달랑
막대칼 하나로도 에움길을 주름잡던
투구도 갑옷도 없는 강마을 병사들이
손오공 독도법讀圖法으로 지름길을 찾는다
눈치 빠른 적은 도처에 있었다
철야徹夜를 매복했던 민갈이논의 가을 발자국은
고무신을 홀랑 벗겨 대오를 흐트리고
의뭉한 얼음도랑은 마른 풀로 위장한 채
비호같이 건너뛰는 바짓가랑이를 끌어당겨
진흙탕 가댁질의 꼬마들 아침 전쟁은
이제
남편 출근, 아이 단장, 책가방 수습 후 핸드백 겨우 챙긴
엄마의 전쟁터
출동시각 늦는다고 아이를 다잡는다

아이는 강아지를 안고

아침 이별이 아쉽고

강마을 아이들 2

― 낙동강.186

겨울철 등굣길은
비무장 전투였다

황량한 들판 곳곳 전봇대 세워놓고
북극에서 보내오는 고주파 유선통신
항복하라, 후퇴하라, 자택으로 복귀하라
집요한 적의 선무공작宣撫工作
전선을 넘고 넘어 맞닥뜨린 적의 야전사령부는
허옇게 강으로 누워 배수진을 치고 있다
꽁꽁 얼어붙은 척
교활한 숨구멍들 시퍼렇게 꿀렁거리는
뱀같이 살아 있는 샛강의 위장전술
아쉽게 돌아서는 우회로 십 리 길은 강둑 창槍바람

- 어깨에 책보따리 따개비같이 딱, 붙이고
- 맨주먹 불끈 쥐고 엎어질 듯 달려라

구해야 할 우주도 없고 중계해 줄 TV도 없던 시절
우와와- 독수리형제들
당찬 달음박질로 뒤엉기던 백병전을

손가락 잽싸게 튀는
전자오락이 재밌다

강마을 아이들 3

— 낙동강.187

겨울철 등굣길은
비무장 전투였다

그러나, 오늘 아침은 요새要塞가 텅 비었다
회색의 논바닥엔 뭉개진 적의 시체
보리밭을 가로지른 전우들의 군홧발
하늘 가득 앵앵거리는 전깃줄의 선무宣撫 방송
- 이미 늦었으니 항복하고 돌아가라
앙상한 갈대숲도 우- 우- 우- 합창을 한다
겨울 강둑의 낙오병!
우와와- 혼자 질러보는 함성, 메아리도 없는 공허함
새삼스레 아리기 시작하는 발가락, 벗겨지는 고무신, 떨어져 나간
귓바퀴, 떨리는 턱, 굳어버린 손가락

전깃줄보다 더 크게 앵앵거리는 패잔병의 퇴각길에
맨 먼저 달려나온 어머니 치마폭이
식구들 눈총화살을 죄다 가려 주었지만
그날은 그러나, 정말 하루 종일
좀이 갉아먹는 햇살 알갱이만 세고 놀았는데

요즘은 혼자 하는 전쟁놀이도 재미있는가 보다
엊그제 막내에게 오락기를 사주었더니
저녁엔 담임 선생님한테 전화가 왔단다

아파서 일찍 갔는데
꾀병인 것 같다고

강마을 아이들 4

― 낙동강.188

겨울철 등굣길은
비무장 전투였다

맞바람 부는 강둑 얼음창槍 십 리 길을
원정길 단축을 위한 병사들의 작전모의
시퍼렇게 꿀렁거리던 숨구멍 막혀
허연 눈깔 내보이며 질식하기 시작한 샛강의 얼음장
발꿈치로 눌러 보고 돌덩이로 찍어도 본다
깨진 구멍으로 물이 퐁- 솟는다
엎드려 건널 수 있다!
책보따리 멀찌감치 쭈- 욱 밀어놓고
얼음판에 배를 딱 붙인 강마을 손자병법
네 손발 파닥이며 얼음판을 기어가는
새끼거북들의 대행진
동물의 왕국
갓 깨어난 거북들이 백사장을 달려가면

아이는 TV 앞에 앉아
겨울 내내 재밌다

강마을 아이들 5

— 낙동강.189

겨울철 등굣길은
비무장 전투였다

겨울이 깊을수록 강의 어깨동무는 더욱 견고해졌다
깡비리[87] 고참병이 척후로 앞장서고
온몸 오그라뜨려 모로 걷는 도강작전
휙- 하니 바람 불어
깡마른 갈대 초병 고개 한번 끄덕하니
동사凍死 직전의 졸음 겨운 고무얼음
스르르 배를 가르며 다리를 붙잡는다
역전의 용사들은 일제히 광목허리띠를 풀고
신발부터 벗어 밖으로 던진 포로는
밧줄 끝을 손목에 칭칭 동인다

당겨라, 영차!
머리 위에 앵앵대는 전깃줄의 적군가
강섶 진흙뻘에 뒤엉기는 검정 고무신

---

87 깡비리: 또래 중에서 덩치가 작은 아이

흘러내리는 바짓가랑이
용태 녀석은 제 바짓가랑이를 밟고 자빠졌다
어른들 눈치채면 삼동 내내 시끄러울
황량한 겨울 강의 처절한 줄다리기
그러나 오늘은 만국기 휘날리는 가을 운동회

운동장 스탠드에 선
엄마들이 더 애탄다

강마을 아이들 6

― 낙동강.190

겨울철 등굣길은
비무장 전투였다

힘겨운 줄다리기, 얼음 강과 한판 승부
영광된 승리에도 상처는 남는 것
철없는 신참병들 입단속 다져놓고
언덕 밑에 오들오들 떨며 대오를 정비한다
고참병이 성냥을 당긴다
짚불 위로 때 낀 새까만 손발이 오르르 모여든다
용태놈 내복 구멍으로 뽀얀 살이 들났다
구사일생 정구놈은 깡총대다 나일론 양말이 오그라붙어 버렸다
속옷을 말리느라 달달달 떠는 생환 포로의 사타구니에
먹다 만 번데기 반 토막이 꼭 달라붙어 있다

그래도 신난다.
얼음구멍에 신발 잃어버리지 않고
옷도 태우지 않아 눈치 못 챈 엄마들
동네방네 야단은 면하게 될 것 같아
식구들 눈치 보며 온몸 움츠린 저녁 밥상

코앞의 생선토막에도 젓가락은 숨을 죽였는데
요즘은

아이들 기 살리느라
온 식당이 놀이터다

강마을 아이들 7

— 낙동강.191

겨울철 등굣길은
비무장 전투였다

강마을 지각 대장들 겨울 변소 벌청소는
축지법 등굣길의 도강작전 뒤풀이
문짝 덜컹거리는 칸칸마다
똥통 밖에서 놀고 싶은 악동들
층층이 뒤엉긴 채 고싸움이 한창인데
저무는 햇살 가닥이 보내온 긴급 첩보
— 멍청한 겨울 군단은 패전한 물줄기를 좌우 정렬 시켜놓고 긴 밤 내
내 더 견고한 어깨동무를 짤 계획이란다
이번 겨울 벌청소는 그날로 끝이었는데

내일은
아이 엄마가
변소 청소 당번이란다

눈이 내립니다

— 낙동강.193

낙동강 먼 들녘에 눈 펑펑 내립니다

마른 풀잎 길섶에도
층층 가지 솔잎에도

인간사人間事 한 빛이라며 하얀 눈이 내립니다

한 방울 물이 되어

― 낙동강.223

낙동강 긴 하류에 봄비 가득 내립니다

휘몰이로 엉긴 매듭

올올이 풀친 물길

진양조 한 굽이 속에 저리 섞여 흐릅니다

꽃샘바람

― 낙동강.218

햇살 쏟아지는
앞동메 양지 기슭

굽이지는 강언덕의
번져나는 꽃 소식에

화들짝!
겨울 도마뱀

놀란 꼬리
한 토막

처서處暑 무렵

— 낙동강.227

벼 이삭 피어나는
음칠월陰七月 긴 강둑길

그때, 닷새 장날
막걸리 두어 잔에

샛강 변
풀잎네들은
밤잠깨나 또 설쳤겠다

을숙도

— 낙동강.215

소걸음 낙강물은
일 년 내내 은핫물길

베틀가 올올마다
접동새만 울려 쌓더니

여기는
물길 맴도는
칠월하고도 초이레 땅

내 얼굴

거울을 옆에 놓고 내 얼굴을 그렸어요

눈 그리고 코 그리고 예쁜 입도 그렸는데

눈알을 꼭 찍고 나니 사팔뜨기가 되었어요

아빠 그림

내 세 살 때 아빠 그림 암만 봐도 이상해요

눈 코 입도 그렇지만 머리털이 한 개예요

아빠가 대머리 될 줄 미리 알고 있었나 봐요

우리 집 강아지 예삐

오순도순 티격태격
엄마 아빠 놀더니만

빽! 하는 다툼 소리
쥐죽은 듯 조용한 방

예삐도 납작 엎드려
까만 눈만 굴려요

휴전선을 넘어와서

― 낙동강.226

엇갈린 물줄기라
물빛이야 같으랴만

온 놈이 온 말씀을 온 가지로 하셨어도
물은 물일 뿐이라고 반세기를 그려 쌓다가 이제사

낙동강
물방울 한 톨
상팔담에 섞이다

황사黃史 이야기 1

— 낙동강.173

흙탕물 전설 찾아

허두가虛頭歌를 부릅니다

천지는 넓고 넓고 세월은 유수流水 같고

청산은 말이 없고 장강長江은 무심하니

만고 흥망사를 어느 뉘 알랴마는

불로초 찾는 길도 서시과처徐市過處 흔적 남듯

범 죽어 가죽 남고 사람은 이름 남아

청사靑史의 유방백세流芳百世 낱낱이 기억할 제

황사黃史의 유취만년遺臭萬年 잠신들 잊힐까만

아我 동방 금수강산 물 맑은 굽잇길을

너 나 없이 한데 얽어 동그랗게 살던 땅에

오뉴월 무쇠권력 흙탕물로 소용돌아

애매한 풀잎네들 뻘물 속에 울던 사연

물 맑아

이 풍진 세상

아득히도 잠기는가

황사黃史 이야기 2

— 낙동강.174

누- 런 두루마리의
왕王물독사 얘기렷다

하늘 높고 물 맑은 아我 동방 금수강산에 흙탕물이 왠 말씀이것냐
마는 우리 사는 강물에도 그 숱한 고비 있어 이웃 나라 흙탕물에 바
다 먼 나라 흙탕물까지 밀려오고 끌여들여 온 나라가 흙탕물로 많이
도 일렁거렸것다.

요러헌 시절이면 으레 흙탕물 독사가 제 세상 만난 듯이 온 나라를
회를 쳤다는 소문들은 들어 알고 있는지?

무한권력 휘두르며 죄 없는 개구리를 잡아먹는 이놈일랑을 사람들
은 한번쯤은 탐을 내어 은근슬쩍 헛구름을 잡아보기도 헌다더라만,
그래도 어디 사람 양심이 그렇냐.

보통 사람들은 고래심줄로 필자必字 결박 단단 묶어 죽어라 죽어라
고 집채만한 돌덩이로 가슴 깊이 눌러 놓건만, 이놈 성정이 워낙 교활
영악해 천성으로 목이 굵고 어깨굽 높은 숙주宿主를 만난 즉시 세상
밖으로 어절시구 휑하니 삐져나오는 악령이라.

그래도 저들끼리 그 소위 군신유의君臣有義는 알아 제 분수에 맞춰
이마에 왕王자 단 놈과 장長자 단 놈이 있었으니 일단 먼저 왕물독사
얘기부터 한번 해 보더라고.

아, 글쎄 이놈은 세상을 딱 두 가지 색으로만 보는 이분법적 사시안 二分法的斜視眼인데도 천문지리 달통達通 재주 있어, 어진 백성 꿇어 놓고 나는 생각한다 고로 나는 존재한다고 이리저리 머리 짜면 온갖 아이디어가 이렇게 꼭 휘몰이로 나오것다.

남의 의자 뺏어 앉아 내 이마에 봉황새 새기기에서부터 시작하여 내 방귀에 제 시원한 아첨꾼 마름 모집, 노예근성 제고를 위한 고난도 교재 개발, 내 몸에 딱 맞는 옷 전국민에 입혀 주기, 나팔수 확보 차원의 유전자 조작 연구, 떡방아도 찧지 않고 떡값 몽땅 챙겨가기, 참개구리 포획용의 첨단 무기 개량 사업, 기발한 제도 개혁에 병도 주고 약도 주기, 홍단풍 수목원에 푸른 나무 색칠하기에 앗따, 이때 물감도 씨알안 먹힐 양이면 그냥 전깃줄로 프르르번쩍 칭칭 묶어 목욕재계 시킨 후에 쥐도 새도 모른 곳에 은근슬쩍 던져 넣고는 눈도 깜짝 아니하는구나.

오호, 통재라 가엾고 애닯도다.

그 많은 개구리들 남모르게 골병 드나 구중심처九重深處 금줄 넘어 구경꾼 뉘 있으며 지상지하 방공망에 알릴 방도가 어뎠으리.

요러헌 세상 속에 소위 군위신강 삼강에다 군신유의 오륜까지 동방예의 대명천지 당신네들의 천국이라 무슨 근심 있으리요마는, 세상은 참 묘妙- 해서 요순 시절 도척 있고, 계유정란에 사육신 있고, 아방궁의 진시황도 여산 기슭에 묻혀 있고, 무쏠리니 히틀러도 비명에 떠났으니 하물며 아我 동방 선비지국이 어디 도리샘 하나 없을소냐.

게다가 천하 만물도 한뜻 되어 낮일은 쥐가 보고 밤말은 새가 들어,

화무는 십일홍이요 달도 차면 종내에는 제 목 치는 비수 되나니 이런 어거지가 십 년을 가것소 백년을 가것소. 못살겠다 갈아보자 쇠붙이들 물렀거라, 참개구리 선창 아래 온갖 개구리들 넘어지고 자빠지고 눈알 빠지고 입 찢기면서도 울며 겨자 아니, 고춧가루물도 삼켰는데 까짓 최루탄가루쯤이야 하고 합창으로 흙탕물 굴떡굴떡 몽땅 마셔 버렸것다.

이 물독사란 놈은 흙탕물 속에서는 홍야홍야 구불구불 물결을 잘도 살랑살랑 타것지만 성정이 외눈박이 냉혈물이라 도대체 변신술이 궁한 놈이렷다.

신새벽 남몰래 써 놓은 이름 넉자[88] 보는 순간 혈압이 상투 끝까지 치밀어 송곳니 와드드득 악다무는데 깨어진 독이빨 사이로 온갖 독버섯 씨앗 흘러나오것다. 갈황색미치광이버섯 검은띠말똥버섯 개나리광대버섯 돈독버섯 권력독버섯 시멘트독버섯 색맹버섯 악취버섯 한도 끝도 없구나.

슬프고 슬프도다. 애 밴 처녀 다 제 할 말 있듯 저야말로 만고의 애국지자愛國之者라. 가노라 삼각산아 다시 보자 한강수야, 진양조로 읊조리다 말고 그냥 우직끈빳빳 제풀에 가라앉아 버려 누런 강물 위에 이름 석 자만 둥둥 떠내려갔다는구나.

---

88 김지하의 〈타는 목마름으로〉에서 원용함

사람아

꺼진 불만 다시 보랴

강물 맑다 방심 마소.

황사黃史 이야기 3

— 낙동강.175

샛강 두루마리의
장長물독사 얘기렷다.

때는 바야흐로 왕王물독사 온 나라를 회를 치던 등 따시고 배 부르
던 태평성대렷다.

나라에서 제일 큰 흙탕강에 이마에 왕王자 붙인 물독사가 봉황새
수틀 의자에 떡 허니 좌정합시면 소의 머리가 못 되면 닭대가리라도
되어야 직성이 풀리는 것이 또 인간 심보 깊이 눌러 박힌 악령 곧 장
長물독사라.

이때다 하옵시고 낙동강 한강 대동강, 만경샛강 김해샛강 의주샛강,
대청천 중청천 소청천, 봇도랑 개골창 시궁창에까지 크고 작은 물독사
들이 제 각기 소임대로 이마에 굵고 가는 장長자 달고 제 몸에 맞는
숙주를 찾아 우르르르르르 몰려나오는 것이 아니겄냐.

이놈들은 그 소위 일인지하一人之下 수만지상數萬之上에서 기십지상
幾十之上의 우두머리들이라, 그 행동지침에 따른 필수과목이야 만고에
불변이것지만 선택과목은 각기 소임에 따라 다르렷다.

먼저 이놈들 필수과목부터 살펴볼짝시면
상정독사上典毒蛇 앞에서는 무조건 고개 어깨 허리 미리미리 꺾고 알

아서 기기와 약한 놈 앞에서는 콧대 목대 울대 빳빳 세우고 눈알 부라
리기라.

글쎄 이놈들도 제가 섬기는 왕王물독사 발등 찍는 능력 있어 긴급전
문 지시사항들은 완전학습 열린학습 눈치코치로 어서 빨리 마스터하
고는 각기 제 모자 크기에 맞게 별의별 창의적 발상이 이와 같이 공사
판에 돈자갈 쏟아지듯 하것다.

방앗간 기웃거려 떡값 왕창 떼어내어 상전 앞에 쬐끔 놓고 저는 안
챙긴 척하기, 귀걸이든 코걸이든 내 맘대로 해석하기, 안 밴 애 낳으라
고 콧구멍에 고춧물 붓기, 약한 줄로 그물 엮되 구멍은 촘촘히 짜기,
개 같이 돈을 벌어 개보다 못하게 쓰기, 니편 내편 갈라 놓고 니편만
때려잡기, 마음보 하얀 놈의 똥구녕 파헤치기, 내 맘에 안 드는 놈 책
상 걸상 들어내기, 능력 있는 부하직원 무임소 배정하기에다 겨 먹은
개 나무라기, 간에 붙고 염통에 붙기, 불땐 굴뚝 연기 덮기, 콩심어 놓
고 팥거두기에 오리발 내어 놓고 *꼬꼬댁꼬꼬* 울면서도 얼굴 하나 안
붉히는구나.

사정이 이러허니 뻘물 뒤집어 쓴 풀잎 백성이 어디 하룬들 숨 쉬고
살 수 있으리요마는 허나 세상만사 어찌하랴.

밑둥 썩어 나자빠지는데 어디 가지가 하늘 향해 팔을 뻗고 섰을 수
가 있것냐. 대신大臣 집 송아지놈 백정 무서운 줄 모르고 날뛰듯 하면
서 가을 겨울 다 지나고 초봄꺼정은 강시처럼 꺼칠꺼칠하게 앙달라붙
어 버티더니 봄바람 청풍강에 왕물독사 우직빳빳 졸卒하시자마자 더
붙어 있을 자리 없어 가슴 탕탕 발 동동 구르며 제 풀에 우수수수수

수수 떨어져 버렸것다.

　물결 거세게 이는 강물에 발랑 자빠라져 이름 석 자 새겨진 벌레 먹
은 발바닥 동동 띄웠는데도 끝까지 저는 오리라고 오리라고 우겨대며,
시절이 하수상하면 다시 한번 또 오리라 읊으면서 누런 샛강 물줄기
찾아 호시탐탐 떠돌고 있다는구나.

　사람아
　윗물 탓만 말고
　타산지석他山之石 삼가시요.

황사黃史 이야기 4

— 낙동강.176

빛 바랜 두루마리의
카멜레나 얘기렸다.

절대 명물 생길 적에 불후不朽 명장 솜씨로구나.

천지만물 지은 것은 조물造物의 뜻이 있고, 우리 아이 태어날 적 삼
신할매 점지 있고, 씨 없는 수박에는 먹기 좋은 친절 있고, 복제동물
만든 데는 질병 고칠 인술仁術 있고, 좋은 제도 만든 데는 인심 후한
세상 있어 순풍에 돛단 듯 쌍기러기 날개 편 듯 세월은 그저 아지랑이
자욱한 봄날 같은지라.

이와 같은 화평 천지에 참으로 맹랑한 일이 하나 있으니 말 잘하고
글 잘하는 명물이 시궁창과 강물 사이를 들락날락 날락들락 하면서
강물아 뒤집혀라, 시위야 내려라고 쌍나팔을 불고 발광을 하는구나.

개구리들 합창으로 물독사 수장되어 금수강산 맑은 물 도로 찾은
아我 동방 군자지국에 무슨 불량한 글과 말을 함부로 뱉는 흉물 같은
명물이 있을까 보냐마는 때는 바야흐로 이웃 나라 물독사가 몰고 온
늦여름 홍수 때 생긴 일인데다 애초부텀 외제 유전자에 의한 외제 기
술이 포함된 다국적 피조물이 자동 귀화한 놈이라 그 사연이 좀 심히
복잡하것다.

소문 들어 알다시피 이놈들의 원조는 이웃 나라 물독사가 평생 홍보弘報 나팔수로 삼을 요량으로 연구 솜씨를 시험 삼아 발휘해 본 중등동물中等動物 수준의 초보적 물생物生이었것다.

인간 게놈(Genome) 속에 끼어 있는 자동변신성 유전자와 폭력본능성 유전자를 꼭 집어내서 그냥 여기에다 카멜레온과 하이에나의 DNA를 재조합하고설랑 이렇게 형질변경된 놈을 또 옥수수 튀밥 기계에 넣고는 눈귀코입 막으소- 터지요오- 하고는 그냥 뺑- 튀겨 버리지 않았것냐. 그래 카멜레나라는 기괴한 놈이 하나 튀어나와뿌렀는데 이게 의외의 효과를 보아 일거양득 하였것다. 이게 물독사님의 어릿광대로 나팔을 불기만 하면 만사형통! 다른 사정이야 눈 막아 못 보아, 귀 막아 못 들어, 코 막아 못 맡아, 입 막아 말 못해 그야말로 멀건 대낮에도 암흑천지 되었으니 오죽이나 좋은 시절이었것냐.

원통·절통하도다.

하늘에 불덩이 떨어진 천지개벽 이후에도 그 태평성대의 후유증을 좋이 물려받은 세월이 다시 오게 되었더니 이놈이 후기 물독사의 취향에 맞게 자체 진화를 거듭하여 그 소위 업그레이드(Upgrade)되더니 어느새 고등동물이 되어뿌렀고, 물독사도 각종 유사 제품들로 끊임없이 핵분열 통합시켰으니 이 원조 카멜레나야말로 참으로 손재주 좋은 이웃 나라 물독사의 성공한 물건이 되었것다.

카멜레나의 자체 진화에는 맹랑한 각종 시스템이 자동 또는 타동으로 장착되었으니 이게 과연 절세의 명물이라 어찌 망할래야 망할 수가 있것느냐.

애시당초의 이 몸이 태평하옴도 역군은亦君恩이샷다고 나팔 부는 기본 기능에다 님 향한 일편단심이야 가실 줄이 이시랴며 기왕旣往의 물독사에 만고 충절지키기 기능이 재충전되더니 앗따, 이때부터 수준 높게 자가 발전하여 첨단 시대에 걸맞게끔시리 별의별 기능이 이러하게 오토업데이트(Out—update) 되었것다.

주요기능으로는 강물 맑기 농도 따른 자동 변신 기능 장착, 강자 약자 내편 니편 첨단 구분 기능 장착, 내편 아닌 약한 놈 자동 공격 기능 장착, 쓰러지고 자빠진 놈 재공격 기능 장착, 참개구리 종족들 초토화 회로 기능 장착, 내 잘못 과거지사 절대 망각 기능 장착, 니 잘못 쬐끄만 일도 먼지 털고 까뒤집고 뒤틀고 비틀고 외로 틀고 모로 틀고 부풀리고 그래도 직성 안 풀리면 에라, 아니면 그만이지 뭐 소설 짓기 기능까지 장착하지 않았것냐.

행동지침으로는 내 눈으로 못 본 일도 지시대로 떠들기에다 남들이 믿든 말든 내 노래로 읊어대기라. 여기에다 가재가 게를 물면 만고의 천륜에 어긋나니 카멜레나 끼리 공격 절대 엄금 기억장치를 이중삼중으로 채웠구나.

그래도 혹시나 저그들이 만든 이 험난한 돈판 세상살이에 자생능력 떨어질까 보아 보조장치로 문어발 몇 개를 이식하여 업종 겸용 기능까지 장착하였것다.

아, 이렇게 천의무봉天衣無縫스럽게 변신력, 적응력, 번식력에다 권력, 재물 수집력까지 다재다능하게 발휘하면서 연년세세 세세년년 승

승장구 호의호식 자자손손 만만대를 부귀영화 누리게 되니 이 아니 좋은 세상인가.

지역 따라 색깔 따라 온갖 재미있고 고소한 먹이감을 대서특필 고성방가로 전국적 네트워크를 동원하여 총천연색으로 와글와글 휘날리며 벌이는 두억시니 굿판이 점입가경이렷다.

그래 이제는 간도 배 밖으로 기어나와 물독사님의 무병 장수가 곧 나의 영달이라던 일념도 웃기는 말씀의 과거지사. 시절 따라 세월 따라 물독사 없는 강물에 까짓 니가 잘나 일색이더냐 내가 잘나 명물 되어 영생불사永生不死 초영장류로의 진화를 이룩했다고 선언하고설랑 — 잠시 귀 좀 빌리세. 이 중 어떤 놈들은 자칭 어둠 속 제왕이라고 한다는 소문은 들었는지?— 천상천하 유아독존 기고만장이로구나.

사람아
이 강 굽이 너머
또 흙탕물을 마시랴오?

황사黃史 이야기 5

— 낙동강.177

흙탕물 잔치판의
똥개구리 얘기렸다.

잔치판을 벌이는구나.

천인혈 만성고天人血萬姓膏의 주지육림 펼쳐 놓고 누상樓上에서 서로
만나 주인님 예를 차려 절을 하고 앉은 후에 낭자한 삼현육각三絃六角
땡더꿍 소리나고 선녀 같은 기생들이 손끝에 검무 출제 나는 티끌 고
요하고 가는 구름 머무르는, 남원골 변사또 제 목 달아나는 생신 잔치
가 아니라, 고성방가 대서특필로 흙탕물뿌리개의 초영장류로 진화한
카멜레나가 팔도 금수강산에 쫘악 깔아 놓은 거국적 네트워크를 동원
하여 정치면, 경제면, 사회면, 문화면, 체육면, 상업면과 광고면에 이르
기까지 지역, 색깔, 계급, 당파黨派에 따른 각종 먹거리들 총천연색으
로 차려 놓은 곳에 똥개구리들 떼로 모여들어 두억시니 굿판을 벌이
는구나.

이 중에는 카멜레나 회로에 스스로 각종 칩으로 끼어들어와 임과
함께 하는 무병장수에 기여하겠노라고 건강부회 일필휘지로 온갖 능
력 발휘하며 날뛰는 놈도 있고, 카멜레나가 던져주는 똥물 섞인 먹이
감을 길 잘 든 강아지처럼 그냥 덥석 받아 물고는 와글와글 개골개골

시나리오대로 떠들어대는 놈도 있으렸다.

이 똥개구리들은 선천적으로 자가 진단 불능의 고장난 회로가 장착된 태생적 업보에다, 카멜레나가 던져준 똥물 계속 마시고는 후천성 면역결핍증까지 쌍사슬고리로 묶였것다. 이러구러 카멜레나와 함께 뒹굴다 보니 DNA가 자의반 타의반으로 형질변경되어 버린 놈이 아니것냐.

이놈들 하는 짓들은 아주 간단명료하니 이 곧 카멜레나 빛깔 따라 굿 들은 무당처럼 신이 나서 꼭두각시놀음 놀기라. 매양 임 따라 거름 지고 장에 가기, 망둥이 따라 높이뛰기나 하면서 내 입맛만 골라 먹고 내 눈맛만 골라 보고 내 귀맛만 골라 들어 내 혓바닥 맛대로만 지껄이는구나.

이러헌 똥개구리들은 저들끼리 천생연분이 찰떡궁합이라. 폭탄주에 합환주合歡酒를 곁들이고 야합가野合歌를 부르면서 잔치판의 흥을 이러하게 북돋우것다. 사랑 사랑 사랑이야, 우리끼리만 사랑이야. 만고박색萬古薄色 다 헤어도 우리 궁합 같겠는가. 이리 보고 저리 보아도 네 얼굴이 무조건 곱고 이리 듣고 저리 들어도 네 목소리만 참말이네. 사랑 사랑 사랑이야, 우리 연분 굳게 이어 니편 몽땅 빼버리고 내편 끼리끼리 뭉쳐 백년해로 하여보자.

똥은 말라도 구린내가 나는 본색이라지마는 이 똥개구리는 겉으로는 허위대로 보나 이마에 새겨 있는 글자 크기로 보나 제법 고매하기도 하여 굵게 든 뱀이 당연히 길 듯이 그럴듯하게시리 보이는 법. 허나 눈먼 중 갈밭에 든 것 같이 카멜레나 소리 나는 방향 따라 천방지방하면서 제 생각만이 마냥 땡그랑이로구나.

사람아

우리 언제쯤에사

맑은 물로 어울릴꼬.

황사黃史 이야기 6

— 낙동강.178

흙탕물 거슬러 간
참개구리 얘기라오.

아, 글쎄 그 시절

물독사, 카멜레나, 똥개구리의 완벽한 삼위일체가 되어 악령이 온 누리에 충만한 즈그들의 태평성대. 바야흐로 흘러내리는 누우런 물길의 텅 빈 강둑에 선선한 강바람 설렁설렁 부는 초여름 어스름저녁의 중몰이 장단 같던 시절이 아니었것냐.

말께나 하는 양반들 헛바닥 뽑혀나고, 글께나 쓰는 놈들 손가락 동강나고, 노래께나 부르는 것들 아가리 찢어지고, 그림께나 그리는 것들 손목댕이 잘려나고, 춤께나 추는 치들은 발모가지 토막 난 채로, 그렇지 떴다 보아라 저 둥근 태양의 대명천지에도 오호, 애재哀哉라 다들 소리소문 없이 사그라져 버려도 쥐는 눈치 채고 새는 코치 채던 그 시절 이야기야 발은 없어도 말발굽 소리에 섞인 입입입소문으로 은근슬쩍 들은 바가 하도 많으렷다.

허니 흙탕물 속의 한 방울 석간수 같은 참개구리들의 뭉개지고 찢어진 피의 사연들이야 만고에 잊혀질 리야 있것는가.

애인 이별, 친구 이별의 사연일랑은 지극히 호사스런 이야기라 그냥 접어두고, 부부간의 생살 찢긴 사연들은 이내 마음 아프기는 하지만 너무 흔한 얘기들이라 또 잠시 묻어두기로 하고, 똑똑한 자식 하나 그 많은 청산靑山 두고 앙가슴에 꼭꼭 묻어 잔디 뿌리 내리기 영영 글러 버린 사연들은 아아, 속살 태운 하얀 재로 겹겹 눌러 덮은 마른 가슴에 또 피눈물 솟구칠까 차마 말 못하겠구나.

이미 지나간 아픈 사연들 어차피 쏟아놓은 쌀이 되고 엎질러진 물이려니 속살속살 까뒤집어 피를 토한들 무슨 소용 있으리까.

해서 자칭自稱, 그리고 즈거들끼리 타칭 하늘을 우러러 한 점 부끄럼 없다고 없다고 우기던 정말로 검사檢事스러운[89] 어느 환생還生 장물독사가 엮어낸 인류사 빛나는 보기 드문 감동적 사연이나 가 엽게 찾어 보았구나.

"수사관들이 남부지청 지하로 나를 끌고 갔다. 그곳은 주차장처럼 넓은 곳이었는데, 양동이와 주전자도 여러 개 눈에 띄었다. 형사들이 두 손을 뒤로 돌려 수갑을 채우고는 빗자루를 중간에 걸어 대롱대롱 매달았다. 그리고 물수건을 두른 다음, 주전자로 물을 부었다. '맞냐, 아니냐'고 묻는데 '맞으면 발가락을 까딱까딱하라'고 명령했다. 소위 '통닭구이'라는 고문이 그것이었다. 수사관들은 맛이 좀 약한 모양이라면서 고춧가루까지 부었다."

육법전서에서는 왕방울 올빼미 눈으로도 죄명을 찾을 길 없어 무혐

---

89 검사스럽다: 검사들의 사고 행태를 비아냥대는 시속어時俗語

의란 딱지 붙인 싱거운 녀석에게도 20여 일 동안 이런 기발하고도 융숭한 대접을 손수 해 주시옵고 게다가 제 발로 걸어나오게까지 해 주셨사오니 얼시구 절시구나, 이 어찌 좌청룡우백호 조상 음덕에 천행으로 얻어진 가문의 경사가 아니었것느냐.

"음침하고 지옥 같았던 남영동 대공분실에서 나와 검찰청을 향하면서 자동차 소리와 시끌시끌한 사람들의 소리를 들으면서 나는 '이제 살았구나' 하는 홀가분한 해방감을 느꼈습니다. 그리고 며칠 후 검사님은 검사실에서 어머니와 만날 수 있도록 자리를 마련해 주었습니다. 따끈한 설렁탕도 배달해 주었습니다. 어머니의 눈물이 쏟아지는 설렁탕을 뻘게지는 눈물로 퍼먹었습니다. 꿋꿋해 보이려고 어머니의 손을 부여잡고 눈물로 범벅이 된 설렁탕을 꾸역꾸역 다 먹었습니다. 그리고 그 자리를 마련해준 검사님의 호의를 고맙게 간직했습니다."[90]

별의별 기술 다 개발하여 듣도 보도 못한 몹쓸 병만 바리바리 선사받던 호시절에 그래도 이런 약 한 알 얻어먹기가 얼마나 황송한 일이었더냐.

황사黃史에 길이 빛날 눈물겨운 자비를 베풀어 온 누리에 칭송 자자하옵신 이 저승사자님의 감동어린 인정이야말로 국가적 역사적으로 지극히도 보기 드문 경사라. 이 어찌 우리 인류사에서 만고에 잊히리오.

---

90 인용 사연: 2003년 3월 13일. 오마이뉴스, 체험 기사.

사람아

푸른 저 강줄기도

눈물방울로 엮인 것을

제7부

물길 흘러 아리랑
(제1집)

1997. (주)신원문화사

흐르는 강江

— 낙동강.71

이 세상 어드메서나
강江은 늘 시작되고
도도한 물길 속으로 길 또한 쉼없이 흘러들어
한 그루 늙은 당산나무가 말없이 지켜섰는 강마을

산山과 구름이 겹한 재너머 멧새들이
먼 바다 알 수 없는 곳으로 떼를 지어 날아가면
새파란 들녘을 가로질러 길은 다시 열리고

온갖 들풀들이 무성히 자라고 또 밟혀
꽃잎들 여린 눈물 속에 몇 두름 짚세기 닳았을
황토길 가파른 끝으로 따가운 햇살 비친다

강물은 제 깊이만큼 오늘도 유유히 흐르고
되돌아 옷깃 여미는 젖은 발길, 발길들 따라
한 줄기 가느다란 탯줄로 이어진
끝없이 먼 길이여

물새에게 1

— 낙동강.50

새벽 강가에서 눈을 뜬 텃새들은
빌딩숲 검은 그늘을 강물 위에 덮어 놓고
갈대숲 푸른 둥지를
잊은 지는 이미 오래

직립보행 고층건물이 기지개를 켜는 아침
새빨간 인조심장에 녹슨 철근 펄떡거리면
물가에 피운 꽃잎들
저승꽃으로 번지는 강江

살랑대는 강바람에 피리 불던 갈대잎이
물새들 가슴 겨누는 칼날 된 그때쯤에사
하늘을 떠받친 것은 빌딩이 아님을 알게 될까

물새에게 2

— 낙동강.51

너,
산山이 높아
산山으로만 나는 새야

짧은 깃 지친 밤을
돌아오면 알리라

높은 산山
그 아랜 언제나
낮은 물이 흐르는 것을

물새에게 3

— 낙동강.52

강江아, 불멸의 강江아
너 몸져 눕는 날은

너로 하여 눈뜬 새들을 머리맡에 불러모아

굽은 등
헤진 네 살점을
무릎 꿇고 울게 하라

따갑게 쏟아지는
회색의 태양 아래

둥지 떠난 물새들이 지쳐 목마른 날은

뭉개진
네 젖꼭지를
가슴 치며 울게 하라

하구둑 새 을숙도

— 낙동강.53

쾡하니 뚫린 도로
횅뎅그런 돌탑, 그 밑
점점이 졸며 앉은 할아버지 허전한 손은
참대 끝 꼬시락[91] 입맛의 갈대숲이 그립다

이웃 삼아 정든 텃새는 다들 어디로 가셨는지
억년 뒤 화석化石될 날을 눈을 뜬 채 기다리며
모래펄 재첩이며 게랑 함께 광장 깊이 묻혔을까

웃자란 아이들이 무심히 밟는 땅을
한 줄기 갈대 전설은 돌틈 비집고 돋아나와
하늘도 잎끝에 찔려 붉게 우는 황혼녘

폐목선廢木船 목을 감고 일렁이는 검은 물에
허리 쥔 갈매기가 납덩이듯 떨어지면
부풀어,
비닐봉지는 허공 높이 떠간다

---

91 꼬시락: 문절망둑어, 하구에 서식하며 회膾로 먹음.

할아버지 말씀 1

— 낙동강.72

우물가 그 참감나무는 얼뫼나 높으든지
늦가실 저녁놀이 온 하늘에 번지든
아랫등 용수랑 돌이랑까지 한 동네가 다 몰렸제

느거사 알 턱 있겄냐, 서리 맞은 감맛을
발돋움한 장대 너머 아득헌 까치밥에
쇠죽솥 아궁이에 붙어 김서방을 조르던……

앞마당 비질소리에 선잠 속 빠져나와
깨진 홍시 몰래 핥던 손구락 시린 새벽
아쉬운 하늘 저 끝에 감꼭지만 야속고

귀한 게 없는 세상이 다 좋은 건 아니여
자고나믄 세어보던 까치밥이 그리븐 건
배고파 그랬더라고 늬들이사 생각허겄제

할아버지 말씀 2

— 낙동강.73

한번쯤 생각혀 보래
퍼렇던 그 강물을
누런 보리밭에 책보랑 옷이랑 숨겨 놓고
발구락 간지럽게 더듬어 참조개도 잡던 江을

신나게 떠들다 보면 어른들께 또 들키고
짓밟힌 보리이랑
뭉개진 밭둑에 꿇어
초여름 불볕 받으며 알몸으로 싹싹 빌던……

느거들 물놀이사 풀장이 최고라지만
잠자리 날개 같은 은빛 그 물이랑에
강바람 파랗게 이는
갈새소리가 들릴까

할아버지 말씀 3

— 낙동강.74

훨훨 연으로 날려 팽팽이 당긴 꿈이
한여름 강언덕의 풀피리로 넘실대듯
아이들 신나는 놀이란 계절 따라 바뀌던 것을

이즘에 놀이란 게 돌아서는 하루살이
지천으로 쌓여 쌓는 플라스틱 장난감에
마음도 계절도 잃은 전자오락 뿐이제

할아버지 말씀 4

— 낙동강.75

이즘에 늬들이사 실없다고 허겄제만
대보름날 저물녘에 액땜으로 보낸 그 연鳶
이제금 생각해보믄 끊어 잇는 연緣인 것을

가물대는 하늘 끝에 가슴 한쪽 떼어 놓고
잊은 듯 돌아서서 계절을 또 바꾸지만
얼레에 칭칭 감긴 함성은 실바람에 되살고……

높은 산 깊은 골을 이랑 삼아 누빈 먼 길
남녘 어느 정든 마실 정자남게 걸터앉아
이마 위 둥근 달빛도 나랑 같이 바랬을까

기러기 오고 가는 텅 빈 하늘 보며
연줄보다 긴 세월을 바람 따라 보냈건만
팽팽히 당긴 그 끝은 그리움의 연인 것을

적막한 강江

— 낙동강.95

손 흔들어 보낼 이도 없는
다들 떠나간 강나루
철새들 돌아드는 먼 산을
사립문에서 바라보면
한나절 해 저무는 강언덕에
뭉게구름만 하얗게 핀다

비좁은 강둑에 나서
뿌리 얽어 부대끼다
뿔뿔이 헤어져 간
풀씨들이 부질없어
적막한 강물 위에 떠
돌아눕는 한 점 섬

생각은 모롱이마다
맴돌며 서성이다
발길을 마냥 기다리며
깊이 패인 강바닥에
속잎들 아련한 그리움은

강江이 되어 범람하고……

한세상 산다는 것이
다 이런 것인지
훨훨 젖은 옷 벗고
마른 연기 뽀얗게 피워
어느제 물처럼 바람처럼
빈손으로나 풀어질까

자운영 흐드러진 빈 강둑

— 낙동강.97

강줄기 굽이져 누운

산기슭 외딴 마을

초가집 낮은 굴뚝에 흰 연기 사위어 가면

언덕 위 포구나무 그늘이 깃을 덮는 어스름

초여름 따순 햇살에 등이 익는 아이를 찾아

할머니 쉰 목소리가 도랑물을 거슬러 가면

물맑은 골짝메아리들이 다랑논 어귀로 내닫던 곳

거센 물길을 따라 무너져내린 긴 강둑에는

음- 매 울어줄 한 마리

풋송아지도 보이지 않고

자운영 자욱한 그리움만 자줏빛으로 번진다

안부安否

― 낙동강.100

친구,
들녘 당산목의 밑둥 같은 친구여
동구 밖 포구나무 가지에 둥지 품은 까치처럼
여직도 강물은 하얀 깃을 벌여
포근히 마을을 감싸고 있는가

노란 보리밭 사이로 구름 한 점 지나가면
양지바른 장독대 옆에 발갛게 앵두는 익어
여직도 울타리를 살며시 기는
개구쟁이들이 모이는가

달맞이꽃 그리움에 처녀애들 발길 잦은 강둑
빨간 댕기 잃어버린 뉘집 큰애기 뜬소문에
여직도 동네방네가 온통
들척이며 일어나는가

산골은 인정이 많아 언제나 메아리가 지고
동네 잔칫날은 강바람도 갈지자로 불어
여직도 江에 비친 저녁놀은
귀가길 취홍으로 출렁이는가

자욱이 안개 몰려가는 산모롱이 저 켠으로
송아지 데불고 오는 늙은 어미소처럼
여직도 그곳 강줄기는 친구,
그대 들녘의 젖줄로 흐르는가

물빛 강바람

— 낙동강.112

오늘도 바람이 분다
물빛 강바람은 분다
강가에 출렁이는 갈댓잎을 한 장 따서
삘릴리 풀피리를 불며 전깃줄을 타고 온다

갈지자로 불어쌓던 유년幼年의 논두렁에서
무논의 개구리울음을 왁자히 데불고 와서
아파트 층층을 돌아 유리벽을 두드린다

굳게 걸어잠근 겹겹의 창문 너머로
풀꽃들 그리움이 하얗게 피어올라
고층의 허공에 누워 별을 헤는 낯선 밤

산설고 물선 타관에 마른 바람 맞아도
잔뿌리 내리고 살면 어딘들 고향 아니랴만
밤마다 물빛 강바람은 풀잎 냄새를 적셔 온다

흔적 같은 집터에 서서

― 낙동강.122

산골짝 깊숙이 스민 녹색의 잠을 툭툭 털며
파란 숲이 되어 푸들이던 그 새떼들은
어드메 강줄기를 따라 아쉬운 발길 떠났는가

뒤뜰인 듯 흩어져 있는 사금파리 조각을 딛고
혼자 늙어버린
한 그루 감나무 있어
산기슭 텅 빈 이곳에도 정든 사람들 부대꼈으리

도랑물 흐르는 길섶
무너진 돌담장 밑
알알이 붉은 꽈리엔 어느 뉘 그리움 맺혀
한 마리 작은 멧새 찾아와 언제 적 노래를 부르는가

숲은 강물이 되어 하늘 가득 넘실대고
구름장 하얀 돛폭엔 아련히 감빛 영글어
떠남도, 또 머물러 있음도
제 산자락에 맴도는 것을

꽃잎 지는 저녁 무렵에

― 낙동강.124

이따금 우리네 삶이
파문으로 미어지는 날엔
산자락 낮은 어귀의 까마득한 등불을 밝히면
넉넉히 흐르는 강물이 아픈 마음마디 어루만져

그냥
곁에만 있어도
푸근히 훈기 감돌던
물 따라 동동 떠내리는 아련한 꽃잎 꽃잎
이 밤을 생각할수록 따뜻한 이름, 이름들

그 강가 어느 적엔들 바람 잘 날 있었으랴만
물이랑 하얗게 일어 파라니 잦아지던
강언덕 쉰 굽잇길이 온통 연둣빛으로 넘쳐흘러…

강굽이에 뜨는 연鳶

— 낙동강.125

달집
덩그렇게 높던
대보름날 저녁나절
끊어진 하얀 방패연이 싸릿재를 넘어갈 때쯤
아이들 까만 눈동자 깊이 강줄기 하나 새겨지다

아쉬움 꼭꼭 다지면서도 한 방울 눈물은 튀어
텅 빈 얼레가 돌듯
삶의 수레 허공에 돌아도
산자락 그 끝하늘엔 언제나 반짝이던 보석 하나

감돌아 산길 육백 리에 둑을 따라 또 칠백 리를
물길로 흐르고 넘쳐 길이 되고 들이 되어
연줄은 끊어짐으로 하여 도도히 강굽이로 이어지다

강언덕 서정

— 낙동강.131

바람 불지 않아도
물길은 흘러가고
파란 하늘을 받쳐
구름장도 흘러가고
별빛이 잠기던 밤의
사랑 또한 흘러가고

긴 강둑 어느 길목에서든 잠시도 머물 수 없어
들녘의 논둑을 따라 삶의 자취 굽이진 길을
사람도 또한 그리움도 죄다 흘려보낸 텅 빈 강江들

까마득 잊힌 그리움이 물결 위에 반짝이는 밤을
무너진 산자락 머언
도회 어디 변두리쯤에서
회색의 강물을 헤치며 낡은 나룻배를 저어간다

봄, 강둑

— 낙동강.132

산자락 굽이굽이
끊임없이 물길 흘러가도
물새들 불러 앉히던 그 강물 여직 푸르러
봄볕은 파랗게 강둑에 살아 아지랑이로 돋는구나

조약돌 한 개만 던져도 온밤 내 두런대던 골짝
두 눈 꼭 감겨 놓고 훔쳐버린 입술맛에
아랫등 소꿉동무 가시내의 꽃빛 수줍음이 내닫던 곳

물안개 뽀얗게 핀 강둑
쉼 없이 바람은 불어
뒷모습 아쉽게 보이며 순이, 철이 다 떠나갔어도
들녘은 예 그대로 앉아 풀꽃들을 피웠구나

초여름 달빛

― 낙동강.133

신도시新都市 고층 아파트가 달빛에 아련히 젖어
베란다 꽃화분잎에 바람기 촉촉한 이 밤
강마을 먼 언덕에도 꽃잎네들 흔들리겠다

산들
바람 불어
버들잎에 살랑대는
다정多情한 강물의 속삭임과 다감多感한 갈잎의 몸짓하며
강가에 무릎 맞대고 앉은 야트마한 그 초가지붕……

스쳐온 꿈의 길섶에 누워 허공에서 흔들리우는
풀잎들아, 네 발길 적시며
쉼없이 흘러만 닫던
물줄기, 그네들 소곤거림을 오늘에도 듣는거냐

첫여름 보리밭

― 낙동강.134

앞동뫼
솔가지 새로

초승달
실눈 가리면

앵두알
곱게 농익은

고 계집애
젖은 입술에

첫여름
노랗게 여문 보리들

가.지.런.하.게
넘.어.지.겠.다

광복동光 洞 붉은 밀물 사이

― 낙동강.10

1

청명한 가을 연휴, 밀물 드는 광복동 거리
애잔한 낡은 음악을 포도 위에 길게 끌며
하루해 아득한 뱃길의 노를 젓는 젊은 아낙

턱 밑 물이랑 사이로 자선함慈善函을 어깨로 밀며
바닥 헤던 두 팔 들어 매만지는 빨간 리본은
소녀적 하얀 그 돛배를 눈물 적셔 띄웠는지

2

하늘 끝 꽃구름에 위로만 보는 걸음들 바빠
어깨 서로 부딪히며 따로 걷는 메마른 땅을
딸그랑, 물방울 듣는 눈빛 부신 한 잎 동전

갸웃대는 찌끝으로 야윈 목줄 길게 뽑아
수심 깊은 납덩이의 천근 무게 고개 들어
꽃그늘 아래로 깔며 젖은 눈길 보낸다

3

빌딩 폭 높이 세운 무지개빛 가을바람이
해일 같이 쏟아내려 층층이 펄럭이는
청명한 가을 연휴의 밀물 드는 광복동 거리

비린 땅 맞비비며 멍울지는 욱전 가슴
꽃뱀들 일렁이는 파도 사이 헤쳐가는
등줄기 닿는 햇살은 저리도 짙게 비친다

무한궤도無限軌道

— 낙동강.18

허리 죈 보리고개
긴 하루해 넘던 언덕

불도저 일군 이랑
돌아나온 빌딩숲에

싸늘한 동맥動脈을 타고
솟구치는 엘리베이터 .

고장난 브레이크
욕망의 수레바퀴

허리띠 어깨 걸어
바지춤 꼭 붙들고

넥타이
목 졸라 맨 채
짧은 해를 달린다

도시의 밤

― 낙동강.19

예배당 붉은 금탑金塔
허공에 두둥실 뜨고

지하층 네온사인
관광열차 기적 울면

대합실 열린 문을 지나
천국 여행 가는 시간

한 장의 승차표로
별빛 쫓는 관광객들

둥글게 모여 박애博愛하고
손에 손잡고 열애熱愛하는

여기는 씻김굿92 춤판
노래 손뼉 뜨거운 江

---

92 씻김굿: 망인亡人의 영혼을 천도시켜 주는 무당굿

목타는 도회지

― 낙동강.22

플라스틱 물통들이 차량처럼 밀려든다
빤질한 황토길의 해질 무렵 약수터엔
쫄쫄쫄 목타는 물에
무너지는 마음들

무덤가에 팽개쳐진 식수 사용 금지 팻말
조경목造景木 돌의자에 기다림은 주저앉고
철봉에 거꾸로 매달려 하늘 보는
아이들 눈……

고압선 높은 철탑의 빈 까치집 아찔한데
할머니 흰 등뼈 위
태산으로 얹힌 갈증
마른 강江 그 밑바닥을 파며 엎어질 듯 내려간다

육교 橋

― 낙동강.24

휠체어는 접어들고 난간을 타고 올라가라

보따리는 머리에 이고 계단을 따라 굴러가라

바늘 끝
맵찬 바람은
어깨죽지로 받고 가라

이십 세기 바쁜 마음은
합성수지로 굳었는지

일곱 빛깔 무지개꿈을
강철 엮어 걸쳐 놓고

그 아래
드센 강물에
검은 문명만 스쳐간다

흔적痕迹

— 낙동강.49

청룡백호青龍白虎 누운 자락
오석청석烏石青石 솟은 무덤

해 뜨면 산새 날고
별 지는 밤 이슬 내려

한세상 스쳐간 옷깃
한
점
바람

그뿐인 것을······

먼 길 1

— 낙동강.67

익어간다, 감은
비탄의 노을 속에

물총새 아직 울어쌓는데
잎들 지는 거리에서

마흔 겹
쌓인 부토腐土 위를
누워 걷는 긴 그림자

먼 길 2

― 낙동강.68

배냇골 골짝 깊어
골바람 길게 불면

우듬지 욕망의 끝에
미련으로 매단 잎은

은빛의 톱날바람에
아픔으로 지는 것을

저녁이 가까울수록
햇살은 떨려오고

서투른 몸짓으로
용서를 비는 좁은 어깨

두 눈을 내려뜬 채로
강둑길을 걷는다

먼 길 3

― 낙동강.69

가로수 빈 가지 끝의

마른 잎에 파문이 일면

돛대 높이 세운 알몸의 물기둥은

수은주 눈금을 따라 빙점으로 갈앉는다

수맥水脈에 발끝 적셔 꿈을 잣다 지친 사념은

바람으로 맴돌면서 창문을 흔들지만

긴 밤 내 뒤척여 봐도 열리지 않던 수평水平

바람은 들었을까, 썰물지던 파도소리

불면不眠의 가로에 서면 물이랑만 딩구는데

모래톱 아픈 나이테나 또 가슴 깊이 품을까

먼 길 4

― 낙동강.70

이 길 오간 구두
몇 켤레나 닳았을꼬

지름길 찾아 더듬는
보안등 흐린 길을

긴 하루
자투리 끌고
무릎팍 절며 절며……

되돌아보는 길목
별은 늪으로 지고

고개, 치켜들면
지쳐 누운 돌계단을

그림자
휘청거리는
발자국 텅 빈 소리

풀잎 사랑

— 낙동강.76

우리
가진 게 없어
비록 빈손일지라도
새파랗게 돋아나는 속잎 같은 가슴을 열어
당신의 긴 언덕을 따라 굽이지는 나는 강물

상큼한 풀꽃 향기가 물씬 젖는 강마을에
풀잎 얼기설기 엮어 보금자리 띄워 놓고
오뉴월 해 긴 논두렁에 한 쌍 뜸부기로 뜸북대자

세상 살아가는 일은
함께 까치고개 넘는 일
척박한 황토흙 일궈 한 톨 씨앗을 뿌려 놓고
쏟아질 가을볕을 꿈꾸며 하얀 참깨꽃도 피워 보자

되돌아 생각해 보면
구름 같은 세상살이
철 따라 꽃이 피고 꽃잎 시든 들녘에 서서
시린 등 마주 비비는 여린 풀잎으로도 엉겨 보자

우수의 강江

― 낙동강.96

강江을 헤엄쳐 온
젖은 옷 걸친 채로
하룻길 고단하게 누워 천장을 바라보노라면
잠 못 든 베갯머리엔 또 하나 강江이 흐른다

물보라 뿌옇게 이는 아득한 뱃길 위에
두어 평 절망의 선실은 천근으로 기울어
구원久遠 강언덕을 향해 알몸으로 헤는 밤

밤비 쌀쌀하게 내려 함께 젖는 들녘에 서서
속잎들 여린 숨소리를 가만히 귀 기울이면
아직은 빈 이랑은 많아 나의 경작을 기다려……

머릿속 얼킨 연줄을 훌훌 끊어버리고
뿌리의 끈적끈적한
인연 또한 떨치고 싶어도
끝끝내 잠들지 못하고 뒤척이는 우수의 강江

우그러진 송사리

— 낙동강.99

가슴을 하얗게 드러낸 물빛 송사리가
실바람 스쳐만 와도 설레던 갈대숲을 떠나
바람벽 두터운 허공에 새 둥지를 높게 틀다

휩쓸리는 물길을 따라 휘어지는 거리에 서서
때로는 알몸으로
더러는 또 양철이 되어
딩굴던 어린 시절의 깡통처럼 우그러들다

땡그랑, 엉덩일 채이고
우지끈, 발등이 밟혀
한숨 몰아쉬고는 고개 한번 들어보니
하늘은 잿빛 강江이 되어 빌딩 사이를 흐를 뿐

미완未完의 의문부호

— 낙동강.102

온몸으로 헤지 않고는 건널 수 없는 강江을
외바퀴 수레를 끌고 물건너는 나이가 되어
찌 하나 수면에 갸웃대며
깊이도 모른 강江을 헨다

닿을 듯 멀어져가는 평행의 강둑 사이로

한 마리 늙은 숫소
명상의 강물은 흐르고

중천에 덜커덩거리며 찌그러진 바퀴 하나

끊일 듯 이어진 길이나
물살로 휘어진 강江이나
모두가 우리에겐 미완의 의문부호일 뿐
한 방울, 맑은 쉼표 같은 호수는
어디쯤에 있는 걸까

사과

— 낙동강.104

강바람

물빛 향기

가슴 속 고이 품고

불볕더위

소나기도

달콤하게 머금은 채

저녁놀

짙게 드리워

반짝이는

한

알

가을

떠도는 섬

— 낙동강.107

부산서 부산스럽게 종일을 부대끼면서
손이 부르트도록 노를 젓는 시멘트길
여기는 모래성 높이 쌓은
사하구沙下區의 낙동로洛東路

쉼없이 깜박이는 색색의 등대불에도
가도 가도 어둠 막막할 뿐
정박할 내 부두는 없어
내리는 물길을 따라 허우적대는 외딴섬들

강마을 보릿고개야 일 년 가도 한철이더라만
가파른 도회의 삶
허연 까치고갯길은
사람들 숱하게 떠도는

절.해.고.도.의
벼
랑

동반同伴

— 낙동강.109

해종일 밭을 갈고
돌아오는 강둑길을

엷게 피는 저녁놀은
황소 등에 가볍게 얹어

아득히 등짐을 지고
소를 따르는 늙은 농부

냇물

— 낙동강.110

어디 천년 물길이
내 천川 자만 매양 썼겠는가

물얕은 길목 길목을
온몸으로 부딪다가

웃자라 위로만 솟다
꺾인 나무도 띄워 뵈고

목소리 카랑카랑한
계곡물을 다 불러모아

길섶 풀잎만큼이나
낮게 낮게 흐르면서

스스로 강江으로 깊어
길을 찾아 길을 열다

을숙도 늦가을 해거름

― 낙동강.115

한 송이 꽃상여가 강물 위에 타고 있다
허위허위 달려온 길
김해벌 막막한 저 끝
굽이진 만장 한 폭이 갯벌 위에 누웠다

도요새도 깃을 떠난 갈대숲 허연 머리엔
타오르는 불길 속의
신의 음성 들리고
검붉은 요령소리가 서산마루에 번진다

손아귀에 움켜쥔 불티
허공에 다 날리고
하얀 가루가 되어 갯바람에 흩어지면
맨몸의 속살에 배는 소금기가 따가워라

되돌아 짚어보면
덕지덕지 기운 허물
떨군 고개만큼이나 무겁게 흘러온 길이
열리는 바다 문으로 시퍼렇게 잠겨든다

강江으로 가는 길

― 낙동강.117

강江으로 가는 길목
이정표는 부서져 있고
억새풀 길길이 자라 흔적 또한 희미한 길을
내리막 돌부리에 부딪히는 맨발의 발목이 시리다

산山은,
뿌연 안개 속의 사념에 젖어들어
구절양장 오솔길 끝에도 江은 뵈지 않는데
파랗게
일어서는 메아리는 물소리로만 들리고

하늘도 보이지 않는 아득한 숲의 사막
산새야 길 없어도 훨훨 잘도 가지만
사람들 숱한 발길로 닳은
그런 길은 어디쯤일까

더 어둡기 전에 우리 서두르자

길인 듯 길이 아닌 듯 엉겨버린 가시를 헤쳐

우리네 두 발로 또박또박

걸어 닿아야 할 길이란다

강둑을 걸으며

― 낙동강.120

산국화 꽃잎에 스치는 스산한 저녁바람에
꽃구름 피는 하늘을 가슴에 둥둥 띄워 놓고
새파란 물줄기 하나가 마른 강둑을 더듬어 간다

성큼, 가을 발자국이 머리 위에 흩날리면
어둠이 몰려온 들녘엔 돌아갈 길 아득히 멀어
스스로 사념에 젖어
연기를 피우는 풀잎들

풀벌레 울어 쌓는
짧은
가을밤을
깜깜한 하늘 저 켠에 등불 하나 등 뒤로 밝혀
그림자 길게 밟으며 이 강둑을 걸어서 간다

강번지 아파트 24층 옥상에서

― 낙동강.121

하느님
내려오세요
어두운 대낮이에요

헌 옷일랑 벗어던지고
목욕도 하셔야죠

표로롱-

참새 한 마리가
꽁지 빠지게 날아간다

20세기 솟대

— 낙동강.123

물길 멈추어버린

저물 무렵 을숙도 저 켠

강물을 버린 신앙은 강둑 너머 솟대로 서고

강물을 버리지 못한 물새는 붉은 물에 둥둥 떴다

산山이 태양을 녹여 핏빛의 주문을 뿌리면

평수坪數로 교감交感하는 신흥종교의 내림굿은

색색의 무당벌레 모여드는 성주풀이 한 마당

탑으로 우뚝 솟아

겹눈 뜬 층층마다

금빛 가루가 되어 날카롭게 쏟아지는

깊은 밤 눈부신 불꽃놀이가 허공 속에 아름다워라

을숙도 물길

— 낙동강.128

붉게
안개비 내려앉는
을숙도 무거운 밤
문門으로 막힌 물길은 돌아서서 서성일 뿐
바다랑 질펀하게 누워 몸을 섞을 갯벌도 없다

멀리서 마중나온 짭쪼롬한 갯바람은
온몸에 배어나는 끈적끈적한 눈물을 머금고
둑 위에 길게 드러누워 바람으로만 엉엉 울고

강바람 휘어잦던 갈대숲 엉성한 발치엔
제 무게를 이기지 못한 발동선 옛 기억이
시꺼먼 널빤지로 남아 유령처럼 꽂혔을 뿐

이젠 이곳 갈매기도 물고기를 건지지 않고
강변에 호젓이 앉아
쳐다볼 달빛도 없이
황금빛 긴 가로등을 헤집으며 경적소리로만 스쳐간다

울고 섰는 강江

― 낙동강.130

신새벽 멧새소리로 거친 들을 감돌아 내려
알몸으로 부대껴 온 우리네 물방울들이
마지막 등을 누이고는 질펀하게 쉬던 을숙도

갈대숲 갈바람 섞어 풋과일내 물씬 풍기던
풋풋한 가슴 그 한켠
어머니 젖무덤을 헐어
눈부신 하얀 돌탑들이 촘촘이도 솟았구나

강江 건너 멀리 보개산寶盖山으로 해는 지쳐 내려앉고
싸늘한 탑신을 맴돌며 강자락에 서성대는 물길
누렇게 힘없이 쓰러져가는 황소울음을 울고 섰다

서도 황톳길

— 낙동강.135

햇살도 서西으로 이울고 땅도 서쪽으로 기운
부안, 영광, 고창, 함평의 황톳길을 쭉 따라가면
천년을 산도 들도 아닌
구릉이듯 엎드린 땅

역사의 된바람이 어디 낙동강인들 비켰으랴만
예나 제나 남의 깃발만 동쪽 능선에 펄럭일 뿐
풀잎들 마른 함성은 죄다
황톳빛으로 토해낸 땅

서도 가락 구성진 시름을 이제사 조금 알 것 같다
푸접 좋은 흙무더기들의 속매듭 풀친 마음이
영산강 둑길을 넘쳐 목포의 눈물로 흘렀음을

가을 항아리

— 낙동강.136

두 발
가지런히 모아
검은 흙을 디디고 서서

흘러 닫는 강물을 퍼다
빈 가슴을 채워 본다만

강굽이
길목길목마다
불면의 파도만 와 닿고……

찬란히 햇빛에 바랜
마른 낙엽일지라도

텅 비워
파란 하늘 아래
한 잎
사유思惟를 굴리는데

흙으로
나 깨어지는 날

사금파리로
아플까

늦가을 경부선

— 낙동강.137

밀양 지나 원동 근처 철교 아래 이르면
강물도 이쯤에서는 발길을 머뭇거리면서
이 생각
또 저 생각으로
가슴 폭이 넓어진다

깊이 잠자던 이들은 길게 기지개를 켜고
눈빛 맑은 승객들도 저마다 봇짐을 챙겨
순리順理의 마지막 흔들림으로
일어서는 몸짓들

계절의 잔해殘骸가 되어 차창을 빠져나와
평행의 철길 위에
두어 번
핑그르 뒹굴고는
유유히 흐르는 강물 위로 가뭇없이 사라진다

강번지 江番地

― 낙동강.139

봄, 여름, 가을, 겨울
숱한 갈래길이
끝내는 하나로 모여 안으로 깊어지는
우리네 온갖 사연 여울져 눈빛으로 머무는 곳

물새알 검게 얼룩졌어도 아픈 껍질 깨고 나와
여린 발자국들을 갯벌 위에 남기는 날은
알알이 햇살 씨앗 흩어져 물무늬지는 풀잎 하구河口

풀꽃 마음을 지닌 눈매 고운 물방울들이
온밤 내 바스락거리며 키 낮게 어울어져
층층이 강어귀에 쌓여가는

은빛 모래톱
강번지

아침 뻐꾸기

― 낙동강.142

솔잎향 자욱이 번지던 그 기슭만 어디 숲이냐고
낡은 트럭을 타고 회색의 숲을 누벼와서는
강변지 신주택가의
아침을 여는 뻐꾸기

다랑논 어귀를 도는 새벽일이야 나서랴마는
희뿌연 선잠 속의
자벌레들 하루를 위해
아낙네 시장바구니는 종종걸음으로 바쁘다

쑥, 냉이, 달래, 상치, 씀바귀에, 또 돌나물까지
텃밭 언저리쯤에도 지천이던 푸성귀들이
하나, 둘
낱포기로 담기는
못내 아쉬운 흙내음

사람들 사는 들녘엔 바람 따라 발길 이어져

시퍼런 강줄기를 타고

정든 산골 떠나던 날은

뒷동메 늙은 뻐꾸기소리도 함께 데불고 왔나보다

도시의 얼굴

— 낙동강.143

팽팽히 전류 흐르는
깊은 강굽이를 따라
물방울 잘게 흩어져
어디로들 가고 있을까
회색의 아스팔트 터널을
터벅터벅 걷는 발길

강나루 맞은편 언덕에
밧줄 하나 척 걸쳐 놓고
순리의 강바람을 타던
물거울의 후예들이
한없이 아래로만 갈앉는
어둠의 강江을 파고 있다

아득히 푯대는 감추되

깃발만은 높이 둘러메고

물신物神의 강줄기를 향해

허리를 굽신거리며

도심都心에 벌겋게 익어가는

수심 깊은

하얀 얼굴

국제시장 풀잎

— 낙동강.144

행인들 날렵한 맵시
재빠른 발걸음 사이
도시의 비대한 허리쯤에 온몸으로 파고 들앉은
한길 가 보도블록 틈서리의 이름 알 수 없는 풀잎 하나

낙동강 머나먼 지류 샛강 변 낮은 둔덕에서
바람 따라 물길 타고 여기
여린 잎새 부대끼면서
오늘도 먼지 낀 하루해를 눈치 하나로 가늠해 본다

오가는 손길 따라
"골라 잡아, 골라 잡아"
쪽빛 하늘 짙게 드리운 강바람을 불러 와서는
어딘들 강언덕 아니랴 싶어 노래하는 풀꽃이 핀다

강江

— 낙동강.1

1

기슭을 내닫던 꿈
종이배에 띄워 놓고

밤이슬 맞는 산하山河
굽어 돌아 흐르는 강江

어쩌다 침묵을 배워
안으로만 흐르는가

2

겨울바람 불어오면
얼음 되어 가슴 죄고

소나기 내린 날은
울음으로 지샜거니

어느 뉘 그의 흐름을
체념이라 이르리

3
둥근 해 솟는 세월
굽이마다 외로워도

바위 갈아 새긴 인고忍苦
전설처럼 흐르는 강江

내일도 흐르오소서
소리 않는 뜻이여

샛강 개구리

— 낙동강.26

천하天下를 아랫목에 펼쳐 놓고
베개를 태산泰山으로 넘던 샛강 시절 있었던가

걸음마배워깡총뛰다문지방에발랑자빠라지더니직립성直立性두다리가
못갈데가어덨냐고개천잊은용龍으로네활개를흔들지만기껏제구린네나는
신발속을헤어나지못하는주제에이마이마에번쩍이는깃발달고페스트장티
프스매독문둥병균도금鍍金한만능萬能의명함장을갈지之자로휘쏟으며
　— 천하가동글납작손바닥위에엄혔노라!
　— 태산이왜깍뎅강발등에채였노라!
개굴개굴개구르르-
　신발을벗었다구요?흐흐흐허비적거리며들앉은아흔아흡칸적막강산
의빈대가삼대三代째로번창한책갈피속바퀴벌레올림픽노는농밀도濃密度
찬장안에소유所有의삼분지구三分之九를포식했노라허허대는네상하常夏
의고래등이

똥통 속
기어다니는 구더기의 우주나
뭐- 가
다르냐

춘란春蘭, 겨울을 나는

— 낙동강.27

그대,

옥분玉盆을 깨고

뿌리 뻗어, 메마른 땅속

붓끝인 듯 창끝인 듯

벼린 잎새 곧게 세워

먼동빛 맑게 틔우려 속잎 태우는 우리 춘란

늘푸르던 솔잎 지고

칼바람 도는 벼랑

아직,

꼭두새벽

언 계곡에 잎 비비며

가슴 속 뜨거운 숨결을 꽃대 깊이 품었나

볏을 세운 금빛 목청에 되울리는 산줄기 덮친

너, 눈발, 모진 서리

꽃빛 짙을

마지막 증거

하늘아,

들아, 산천초목아

꽁꽁 얼거라, 이 겨울

일어서는 갈대

— 낙동강.29

바람
불어오면

창으로 선
깃발이다가

강물이
꽁꽁 언 날은

뼈대로
곧추서고

때로는
함성을 지르며

횃불 또한
높이
들다

질경이

— 낙동강.30

마른 강물 위에
안개 피는 꼭두새벽

둑을 따라 욱은 풀길
길섶 풀꽃 흐드러진데

길 복판
돋은 질경이의
밟히고 찢긴 한잎 깃발

실낱같은 한올 뿌리
잦아드는 숨결 모아

팽팽히 적신 가슴의
볏을 세워 토한 함성

단단한 어둠을 깨는
금빛 목청
푸르다

형제섬

― 낙동강.36

갯바위 마주 보는 선창 하나 닦고 싶다
속살 깊이 금간 조각
손등 만한 두 무인도를
이 바다
토닥이는 손길
열 손가락 아픈 마음

형상기억形狀記憶 옛 얘기로 이랑 높게 굽이 돌며
어깨비늘 다독이는 손바닥 푸르건만
갈매기 순백純白의 시름만
오명 가명 젖을 뿐

퇴적층堆積層, 그 밑바닥은 수맥으로 이어진 땅
검게 굳은 두 심장에 쇠말뚝 꽝꽝꽝 박아
동아줄
칭칭 천만번 감아
피를 통하게 하고 싶다

댓잎 물이랑

— 낙동강.38

바람 부는 강물에서는 댓잎 부딪는 소리가 난다
햇빛에 반짝이는 도포자락 펄럭이며
큰 기침 뜨거운 숨결로 퍼렇게 살아 흐른다

깊은 밤 이슬에 젖는 길섶 풀잎들 사이로
반딧불 외롭게 달고 앞서 간 고운 님들은
뒷동뫼 낮은 자락에 동그랗게 엎드렸는데

여윈 목줄띠로 살아닫는 시퍼런 강江을
막막한 들녘에 서서 불면으로 일렁이며
쟁쟁쟁 가슴을 울리는 청대바람이 일어난다

날아가는 풀씨

― 낙동강.40

신새벽 찬 이슬 맞아 허리 깊이 숙이고
한 가닥 실바람만 스쳐도 온몸으로·흔들려
어느제 고개 꼿꼿이 치켜든 날이
단 하룬들 있으랴만

풀꽃 가녀리게 피워 빼꼼이 등을 넘보다
꽃대궁 부러지고 꽃잎 문드러져도
땅속에 든든히 뿌리 내린 귀로
하늘소리를 듣는다

세상 살아가는 은총이 어디 따순 햇살 뿐이랴
먼저 시든 풀잎도 먹고 쏟아진 폭우도 마시면서
마주친 늦가을 찬바람을 타고
한톨 풀씨를 또 날린다

수평水平의 먼동

― 낙동강.41

끝도 보이지 않는
이 세상 넓은 천지에
어딘들 한 목숨 살아 발 뻗을 데 없으랴 싶어
먼동빛 꽃구름을 찾아 물소리로 흘러 간다

한 굽이 돌아들면 날빛은 살여울이 되고
가풀막진 산길을 넘으면 삶은 또 시퍼렇게 깊어져
하늘은 이마 위에서 청청한데
웬 별은 이다지도 많은지

멀어지는 산천을 뒤로
둥둥, 하늘을 싣고도
짙푸른 백의白衣의 수평水平은 자꾸만 멀어져 멀어져
언제쯤 우리네 가슴과 하늘이 맞닿는
그런 날이 오려나

풀씨

― 낙동강.106

턱짓 하나만으로도 말없이 떠날 줄 알아야지
언젠들 우리네 몸짓이 문전옥답 넘보았으리
가벼이 보따리 둘러메고 신발끈이나 졸라매자

계절이면 계절마다 풀씨들이사 날리는 것을
바람 불면 바람 부는 대로
비 오면 또 오는 대로
여린 맘 단단히 굴려 틈서리에라도 버텨야지

길섶에 쭈그리고 앉아 뽀얀 먼지 뒤집어썼어도
잎이 끝으로 살아 햇볕을 쟁쟁 달군다면
어차피 낮게 닿을 강물
이 세상 끝인들 또 어떠리

물길 흘러 아리랑

― 낙동강.111

긴 세월

길 따라 떠내린

우리네 서러운 노래

아리랑 아라리요 물길 들길 천리길을

이제금 낯선 들녘 어디쯤에

잔뿌리라도 내렸을랑가

목덜미에 내리꽂히는

햇살 따가운 길을

긴 밤 잠기는 물엔 아득히 온몸 갈앉아

여울 센 어드메 강어귀에서 발병이라도 났을랑가

등허리 따뜻이 누일 한뼘 땅은 까마득 멀어

한낱 물결에 나부끼는

가녀린 풀잎 되어

여직도 벼랑 벼랑을 돌아 떠내리고들 있을랑가

날이면 또 날마다
흘러가는 길을 따라

아흔아홉 한숨 굽이
인간사 알 길은 없어

어깨춤 서럽게 넘실대며
속울음 우는
아리랑

달개비꽃 파랗게 피는

— 낙동강.119

이 강가
언제부터인가
질기게 뿌리를 내려
동해 쪽빛바람에 아침마다 곱게 씻어
물보다 더 푸른 얼굴로 낮은 땅을 낮게 산다

바람 불지 않아도 미리 고개 숙이고
밤비 내리기도 전에 꽃잎 먼저 다물어
서러운 세상살이가
마디마디 배인 잡초

뜯기는 아픔만큼 새살로 차오르고
척박한 흙더미를 안고 잔뿌리로 버티다가도
토막나 내동댕이치면
그곳 또한 새 삶터

먹구름 뒤엉긴 하늘
몰아친 비바람에
굵은 나뭇가지들 뚝, 부러져 내린 밤은
어둠은 하늘이 아님을 가슴 깊이 새기고

땅속에 발길 뻗쳐 강물소리 들으면서
한 줄기 엷은 햇살에도 알알이 꿈이 영글어
마음은 파란 하늘을 닮아
지천으로 꽃이 핀다

천리만리래도해千里萬里來渡海[93]

— 낙동강·127

먼동빛 붉게 트는 새벽

구지봉龜旨峰 꼭대기에 올라

가야의 유민으로 서서 김해벌을 내려다보면

켜켜이 쌓인 시간 사이로 허연 뼈대로 흐르는 강江

네 박자로 일고 잦는 조선의 하구河口를 거슬러

갈대숲 파랗게 서걱이는 바람둑에 귀 기울이면

가락의 동으로 내닫는 말굽소리, 물소리……

햇발 찬란히 받으며 백의白衣의 깃발 높이 걸치고

흘러 일월日月이 되고 굽이져 흔적이 되어

누천년, 들을 베고 누웠어도

잠들지 않는 증언의 江

---

93 千里萬里來渡海·일본 구주 북부 하까따(博多)에서 매년 7月에 행하는 제사놀이에 쓰이는 문구. 이는 곧 그들이 가야인의 후예임을 의미하는 것이라고 많은 학자들이 믿고 있다.

망월동望月洞

― 낙동강.138

아직도
달만 뜨는 강江

일 년 내내
5월인 강江

봄, 바람과 풀잎과 강물의 변주變奏

— 낙동강.140

골바람 사이 사이로
풀빛
고개 드는 날
불면의 산봉우리에
진달래빛 봉화가 오르면
갈대숲 하얀 깃발들
온몸으로 흔들어

한겨울 아프게 지낸
마른 가지 끝끝마다에도
파랗게 돋아나는
젖은 땅 흙의 음성들이
백의白衣의 정갈한 물빛으로
다시 일어서던
강江의 함성

가느단 물줄기 어울려
징소리로 여울지면서
휘어진 여윈 등짝에다

아픈 역사를 둘러메고는

강물아,

너, 길을 잃지 않고

용케도 예까지 왔구나

꽃잎 아리랑

— 낙동강.77

아리랑 고개마다
아라리 울던 꽃잎
별빛도 뵈지 않는
수심 깊은 긴긴 밤을
이별이 못내 서러워서
가슴 맞대 얼어붙고

아리랑 굽이굽이
아라리 설운 꽃잎
일천삼백 리를
떠난 님 발길 따라
사랑은 빗물이 되어
진종일을 울어 예고

얼뫼나 많은 날을
꽃그늘로 지샜던고
눈물 밴 옷고름의
한 천년 굽이길을
아리랑 열두 사연이
선율이듯 흐른다

꽃잎 청상 1

— 낙동강.78

봄이 온다한들
무에 그리 반가우랴
진달래빛 그리움이 팽팽히 부푼 밤을
허벅지 고운 속살에 칭칭 이불깃만 감기는데

설움 같은 꽃비가 내려도 눈물은 뵈지 말아야지
열두 대문 빗장을 열고 훨훨 나비가 될까
차라리 물깊은 벼랑 아래로 하르르 지는 꽃이나 될까

참깨꽃 이랑에 누워도 봄꿈이라 야속한 삶을
한 아름 기둥을 안고 텅 빈 가슴만 부비는데
꽃피는 봄이 또 온다한들
무에 그리 반가우랴

꽃잎 청상 2

— 낙동강.79

설움 꼭꼭 다져진
충층의 하얀 어둠을 뚫고
연둣빛 추억 한 줄기가 아련히 돋아나면
발갛게 가슴 먼저 달아올라 터질 듯이 부푸는 봄

강물에 한숨 띄워보낸 아픈 세월 하마 다 잊고
치마 끝에 실바람 스치면 붉은 교태로 온몸 흔들어
삼월의 산기슭은 온통 그리움의 눈물바다

꽃잎네 피고 지는 속에 굽이마다 여울은 소용돌아
눈보라 휘날리던 지난날을 곰곰 생각하면
모롱이 서릿바람에 흔들리길 몇 번이던가

이젠, 바람 불지 않아도 시나브로 꽃잎은 져
긴밤 내 비워도 비워도 가슴 가득 차는 눈물
꽃잎아
오늘은 너 혼자 피었다가 또 남몰래 지거라

꽃잎 청상 3

— 낙동강.80

여인네 마음으로야 꽃잎만 어디 꽃잎이랴
골 깊은 뒷산 단풍도
잎잎이 꽃인 것을
늦가을 싸늘한 바람 불어 꽃빛 짙은 잎이 진다

참깨꽃 터쳤어도 깨는 여태 쏟아지지 않고
한 줄기 하얀 연기가 사위어가는 강둑 너머
석양에 불타면서도 속절없이 젖는 꽃잎

뒤뜰에 잠깐 머물다 간 봄기운이 못내 아쉬워
청솔가지 사이 사이로 앞이마를 감추지만
능선을 타고 내리는 가을빛을 어찌하랴

말없이 흐르는 강가에 산山으로 앉았어도
강물은 두루말이를 펴
절절이 사연을 적어
서러운 세월 한 자락이 물길 위에 꽃으로 진다

꽃잎 청상 4

— 낙동강.81

오늘은 꽃상여 타고 노래하며 떠나가겠네
꽃잎 흐드러져도 향기 한 줄 피지 않는
저승길 보랏빛 들녘에 하얀 강江이 펼치겠네

터질 듯 꽃망울 속에 텅 빈 달빛만 채우다
꽃빛보다 더 붉은 만장을 어- 화 앞세우고
구천의 황토 언덕을 동구 밖에서 만나겠네

그대, 그리운 사람아
그대에게 닿기 위해
토막난 질긴 인연을 물결에 죄다 띄운다만
후생엔 또 어느 덤불 사이에 꽃이 되어 서러울까

비가 오시려나, 눈이 오시려나[94]※
삼생三生의 눈물굽이 싸늘하게 식은 강江을
오늘은 하얀 꽃상여 타고 노래하며 건너겠네

---

94 〈한오백년〉의 일부를 인용함.

모래톱

— 낙동강.82

긴 강江이 되어
흘러내린 서러움이

텅 빈 가슴 한켠의
굽이진 언덕을 갉아

온 밤 내
하얀 그리움의
모래성을 쌓은 자취

신 사모곡新 思母曲

― 낙동강.84

막내딸 치우던[95] 날 밤
속눈물에 벼린 그 낫鎌

깡마른 땅 깊은 고랑의
더께 묻은 새우등 되어

토요일
해저문 사립에
조각달로 꽂혔다.

---

95 딸을 치우다: 경상도에서 딸을 시집보낸다는 뜻.

어머니

— 낙동강.85

설움도 또 미련도
훌훌
털어 버리고

가슴 속
떫은 사연도
발갛게 삭힌 채로

강가에 초연히 섰는
한 그루의
감나무

호롱

― 낙동강.89

강물은 만남인 것을
이별 또한 강江인 것을
흘러, 아득한 날의 띠살문이 수줍던 밤은
꽃망울 부푼 가슴에 몰래 번진 불씨 하나

빛과 그늘 누린 꿈도 까마득한 회억回憶일 뿐
가슴 속 타래심지
또 돋우고 돋운 밤을
꽃기름 저절로 넘친 강江이 되어 흘렀나

잔물결 이랑마다 흔들리는 꽃잎 꽃잎
땀땀이 뜨는 속살
바늘 끝에 다독여도
문풍지 떠는 소식에 깜박 졸던 그리움아

꽃그늘 멍울이사 봄눈이듯 풀릴 몸짓

이제금 손길 닿으면 옷고름에 붉힐 것을

백열등 환한 구석에 재가 되어 앉았네[96]

강나루 1

― 낙동강.91

보이지 않을 때까지
한사코
발돋움하다

돛단배
하얀 기폭을
한 장 손수건으로 접어

강나루
텅 빈 물굽이를
돌아서던 꽃잎아

강나루 2

— 낙동강.92

꽃배로 오시려나
그리운
내 사람아

닿을 듯
손끝에 어린
물길은 아득히 멀어

알알이
옥구슬이듯
부서지는 강물아

강나루 3

— 낙동강.93

오려나

가려나

마냥
맴돌려나

머문 듯
흐르는 듯

흰구름 뜬
물이 깊어

잡힐 듯
잡힐 듯도 한
버들나루 꽃님아

강나루 4

― 낙동강.94

흘러가는 물길이라면 붙들지 말아야지
언제나 보내기만 하던
강둑에 하염없이 서서
강나루 아득한 뱃길 위로 하늘 가득 지는 꽃잎

서러운 봄바람에도 어김없이 꽃봉은 부풀어
고운님 품속에 안겨 으스러질 꽃잎인 것을
참꽃은 서쪽 하늘에서만 피고
뻐꾸기는 매양 가슴에서 울어……

떠날 때 못다 한 말은 서리서리 옷깃에 배어
하얀 빨래 포개어 놓고 설움 다독거리는 밤
열두 폭 스란치마는 흘러 굽이굽이 강江이 되다

역류하는 샛강 붕어

문학 정신

　나의 시조 정신은 '속박 속의 자유 서정 탐색'이다. 내가 선택한 시조의 길은 자칭 '역류하는 샛강 붕어'(「부산 시조시인 편편산조 — 낙동강 528」)였다. 평생을 시조 가두리의 진폭振幅 확장을 위해 온몸으로 물길을 거슬러 오르며 잉어의 꿈을 꾸었다.

　자유를 추구하는 현대는 속도의 시대, 속도는 리듬을 배격한다. 리듬 상실은 정서의 고갈을 초래했다. 그래서 자유시가 현대문학을 대표하지만 현대 서정을 지배하지는 못하고 있다. 자유시가 잃어버린 리듬의 부활, 이것이 현대시조의 소명이다. 그 소명은 시조의 정체성인 '정형정신'으로 발현될 수 있다. 정형정신은 정형을 지향하면서 동시에 정형으로부터의 탈출을 도모한다. 지향과 탈출은 인간 본성적 매력이다. 이 변증법적 모순이 정형이비정형整形而非定型으로서의 시조의 멋과 맛이다.

　속박 속의 자유정신! 조선시대에도 이 매력이 확산되어 평시조의 다채로운 율감律感이 구현될 수 있었고, 나아가 이를 뛰어넘어 엇시조,

사설시조도 창출된 것이다.

나는 현대시조 유형 모색을 위해 고시조 5천 여수를 알뜰히 연구하였다(평론서 『율격은 현대 서정의 메시아』). 이를 바탕으로 시조 형식은 '평시조, 절장시조, 엇시조, 장연시조, 사설시조, 서사시조'로 외연을 다채롭게 확장하였는데 이는 내가 연구한 고시조 유형의 현대적 변용이었다. 다만 고시조 유형 중 「바람이 불나 는지」(임중환, 『시조연의』)의 종장 뒤 첨가구조 '갈 길 밥버' 같은 형식은 파격이 너무 커서 활용하지 못하였다. 절장시조는 시조 3장 구조의 핵심으로 구성한 양식이다.

나의 시조 서정은 향토적 제재를 대상으로 소재주의, 외연 확장, 내포 강화, 그리고 강의 원형에 이르기까지 다층적으로 탐색한다. 지리 역사적 소재주의는 내 시정과 맞지 않아 최소로 하면서 문학 미감의 고양을 위해 제재 변주의 다양한 심화 확장을 노력한다. 특히 제재의 다채로운 변주에 더하여 강의 이미지 융합을 위해 많은 고심을 하면서도 독자 이해의 편의를 우선적으로 고려한다.

문학 서정과 이론의 균형 유지를 위해 수필을 창작하고, 문학평론도 병행하였다. 시조에 몰입된 내 시정의 정형적 매몰 예방을 위해 자유 형식의 수필을 창작하고 작법 이론의 기반 확보를 위해 평론에도 관심을 가졌다.

'문인은 언어디자이너', '수필은 종합문학'이며 '수필가는 언어의 융합 디자이너'라는 점이 내 문학관이다. 수필은 이미지를 살린 예술수필을 지향한다. 시조시인 창작의 변별성을 위해 율격미를 가미하여 전통적 출렁거림을 담기도 하였다.

평론은 공허한 이론이나 현학적 수사衒學的 修辭를 배격하고 실용적 접근을 했다. 작품 속에 표현된 실체적 문학 미감을 탐색하여 작가와 독자의 가교 역할을 꾀하였다. 이를 위해 작품 속에 작가가 구사한 미학적 기교를 분석하고, 그 언술 속에 침전된 작가의 속마음을 톺아보는 과정에서 작품 속에는 뿌리 깊은 인과의 물줄기가 흐르고 있음을 발견하고자 하였다.

문단 활동

나는 '낙동강 시조시인'으로 불리기를 좋아한다.

1948년 서낙동강 지류 조만강의 발원지인 장유 대청천大淸川의 상류 대청마을에서 태어나 초등학교 때부터 평생 낙동강을 맴돌면서 옥호屋號〈聽洛軒〉에서 살고 있다. 옥호는 1990년대 초 설창수 선생님께서 예서체 현판 글씨를 주셨다.

서낙동강 지천 지사천 인근 세산초등학교를 졸업하고 부산대학교에서 국문학을 전공했으며, 한국교원대학교 대학원에서 현대문학 석사를 수료했다. 부산 혜광고등학교에서 국어를 가르치고, 퇴임 후 부산 강서문화원에서 〈문학체험반〉을 개설하여 10년간 강의했다. 현재 부산강서문화원·이사, 강서향토사연구위원을 맡고 있다.

《시조문학》천료(1991), 《문학도시》수필(2005), 〈한국교육신문〉수필당선(2006)으로 등단하였다.

수훈, 수상은 옥조근정훈장, 낙동강문학상 외 시조, 수필 등에 몇

건이 더 있다.

낙동강 연작시조 출발은 1975년 홍수로 버스가 끊긴 구포다리를 걸어 건너면서 유신의 시대상을 변주한 첫 작품 「강」(1976. 《혜광》)을 시작으로 낙동강 연작시조 약 600편을 창작하고, 수필, 평론도 겸하면서 향토문학 창달에 애를 쓰고 있다.

본격적인 향토 지역 활동을 위해 1995년 〈부산강서문학회〉 창립회원으로 참여하였으나 이듬해 와해되었던 단체를 2005년에 복원, 재출범하였다. 2007년 〈낙동강문학상〉을 제정하여 천삼백 리 낙동강 권역에서 '낙동강 문학' 서정 천착의 중추 역할을 하는 대표적 향토문학상으로 발돋움하였다.

고교 국어 교사 퇴임 후 〈부산강서문화원〉에서 10여 년간 문학창작 지도를 하며 〈물길문학 동인회〉를 결성하였으며, 향토 지역 문인을 위하여 〈칠점산문학상〉 제정, 낙동강 시낭송회, 낙동강 시극단, 낙동강 문학 연구회 등을 조직하여 활동의 외연을 확장하였다.

강서 지역 문화예술의 핵심 브랜드를 낙동강 이미지와 연계하고자 낙동강문학상에 이어 강서지역 예술인의 문화 행사 명칭도 〈낙동강 예술제〉로 변경하였다. 기획 사업 〈낙동강문학관 건립 기획안〉(2018)과 제안 사업 〈낙동강 문학제(가칭) 시행안〉(2013)은 지역 여건이 강서 문화예술의 눈높이에 맞춰지는 날 시행되리라 기대한다.

나의 문단 활동에서 각종 저작물은 다음과 같다.

〈낙동강 연작시조집〉

제1집 『물길 흘러 아리랑』(1997. 신원문화사)

제2집 『강, 물이 되다』(2007. 한글문화사)

제3집 『사는 게 시들한 날은 강으로 나가보자』(2008. 세종출판사)

제4집 『강마을 불청객들』(2014. 세종출판사)

제5집 『강이 쓰는 시』(2014. 세종출판사)

제6집 『당신의 강』(2020. 북랩)

낙동강 연작시조 선집 『낙동강 푸른 물길』(2024. 북랩)

〈절장시조집〉

『물방울 시첩』(2020. 북랩)

〈수필집〉

자녀 교육 체험 수필집 『부모는 대장장이』(2008. 우주문화사)

창작수필집 『조선낫에 벼린 수필』(2017. 북랩, 세종도서 문학나눔 선정)

낙동강 서정 수필집(근간 예정) 『물꽃부리 한 송이』

〈평론집〉

서평 『작가 속마음 엿보기』(2018. 북랩)

시조 이론서 『율격은 현대 서정의 메시아』(2021. 해암)

수필 작법론 『명수필 작법 현장 분석』(2022. 북랩, 부산문화재단 예술

비평 선정)

작가, 작품론『작품 속 지문 읽기』(2023. 북랩)

〈주요 논문〉

「득오곡의 생존연대고」(1971.『국어국문학』, 부산대학교)

「현대 시조시의 사적 연구」(1993. 한국교원대학교 대학원 석사학위 논문)

「윤선도 시조의 열린 시정신 탐색」(2006.《부산시조》19호)

「고시조의 변격 유형 소고」(2012.《부산시조》31호)

「전통수필 창작론 연구」(2017.《부산수필문학》28호)

〈그 외〉

『논술의 논리』(1996. 한샘출판사)

『고교 엘리트 문학』(1996. 학영사, 12권 공저)

퇴임 문집『쥐꼬리 해부학 교실』(2008. 우주문화사)

학생 지도 교재『문장의 이해와 작법』(2000. 비매품)

문인 지도 교재『형상화의 특징과 방법론』(2018. 비매품)